책쓰기가
이렇게 쉬울 줄이야

# 책쓰기가 이렇게 쉬울 줄이야

양원근 지음

오렌지연필

# 추천사 1

독서를 하며 책쓰기를 꿈꾸고 있는가? 첫 집필을 하며 출판사와의 계약을 꿈꾸고 있는가? 빛바랜 첫 책을 뒤로한 채 베스트셀러를 꿈꾸며 절치부심으로 다음 책을 기획 중인가? 당신이 지금 꾸는 그 꿈은 100퍼센트 옳다. 이제 그 꿈에 가닿게 해줄 100퍼센트 확실한 실전의 날개를 달자. 20년간 출판 내공을 쌓은 저자가 이 책을 통해 당신의 비상을 도와줄 것이다.

김을호 ((사)국민독서문화진흥회 회장)

# 추천사 2

한 번이라도 책을 써본 사람이라면, 양원근 대표의 조언이 얼마나 큰 도움이 되는지 잘 알고 있다. 그는 주제 설정에서 제목 선정·시장 파악·목차 작성·원고 집필·홍보전략에 이르기까지, 책을 완성하는 과정이 정밀한 전략을 수립하여 철저하게 완수하는 작업임을 강조한다. 자기 이름을 내건 책을 완성하고 싶은 사람이라면, 이 책을 필독해야 한다.

이성민 (미래전략가, KBS 아나운서)

평소에 책을 많이 접하는 사람으로서《책쓰기가 이렇게 쉬울 줄이야》를 보자마자 놀라움을 금치 못했다. 책을 쓰려고 하는 작가뿐만 아니라 출판기획자, 편집자 들도 꼭 읽어봐야 할 책이다. 20년간 출판기획사를 운영해온 저자가 출판 실무자의 입장을 넘어서 영업자, 사업가의 시선으로 책쓰기와 책 판매를 바라볼 수 있게 해준다. 베스트셀러를 만들고 싶은 저자, 출판 종사자 누구에게나 이 책을 강력 추천한다.

서진영(자의누리 경영연구원)

미완성의 원고가 한 권의 책으로 나오기까지의 프로세스를 훤히 꿰뚫고 있는 저자의 탁월한 감각은 출판을 업으로 하고 있는 나조차도 깜짝 놀랄 때가 있다. 독자에게 강력히 어필하는 기획력, 책의 생명이라 할 수 있는 제목과 구성의 편집력, 나아가 마케팅의 역할까지, 가히 출판계의 미다스의 손이라 하겠다. 그런 저자의 책에 대한 열정과 끊임없는 공부를 옆에서 지켜보았기에 이 책이 많은 이에게 '책쓰기의 정석'이 되리라 믿어 의심치 않는다.

이희철(도서출판 책이있는풍경 대표)

## 추천사 5

지식의 역사는 책의 역사이고 인류의 역사이다. 이 책은 지식과 감성을 담아내는 책쓰기의 교본이라고 할 만하다. 책을 쓰려는 사람 모두에게 이 책은 자신만의 지식과 감성을 담는 이정표가 될 것이다.

조병학(베스트셀러《천재들의 공부법》작가)

## 추천사 6

욕망 그리고 야망. 이는 '바라는 마음'을 일컫는 단어들이다. 일상에서는 별 구별 없이 사용되지만, 그 함의를 살펴보면 두 단어에는 전혀 다른 방향성이 있다. 야망에는 들판을 뜻하는 한자 '野'가 사용된다. 즉, 야망이란 무엇인가를 손으로 움켜쥐려는 것이 아니라, 더 넓은 곳을 향해 발을 디디어 나아가겠다는 뜻이다. 책을 쓴다는 것이 꼭 그러하다. 이것은 욕망이 아닌 야망의 산물이어야만 한다는 의미다. 그렇게 나온 책들은 어떤 식으로든 역사를 바꾸어왔고, 그래서 저술은 인간이 꿈꿀 수 있는 가장 위대한 야망이기도 하다.《책 쓰기가 이렇게 쉬울 줄이야》는 이 위대한 발걸음을 우리가 실현하는 데 더없이 섬세하고 명료한 방법을 알려준다.

김성신(출판평론가, 한양대학교 창의융합교육원 겸임교수)

　　많은 사람이 자기 책을 내고 싶어 하지만 책쓰기가 쉬운 일은 아니다. 누군가의 도움을 받고 싶어도 어디서부터 어떻게 접근해야 할지 잘 모른다. 여기 20년 출판기획을 해온 저자가 손을 내밀고 있다. 실제 도움 될 실용적 가이드를 제시한다. 글쓰기와 책쓰기가 어떻게 다른지, 책에는 어떤 내용을 담아야 하는지, 제목은 어떻게 뽑고 목차는 어떻게 구성해야 하는지, 자기 문체는 어떻게 만들어가는지 등등의 안내를 받을 수 있다. 한 권의 책이 만들어져 독자의 손에 들어가기까지 수많은 공정을 거친다. 그 복잡한 과정에 대한 그림도 그려볼 수 있다. 총괄기획자(출판사 대표)와 편집자 그리고 작가의 각기 다른 역할에 대한 저자의 독특한 시각도 감상할 수 있다.

배영대(중앙일보 문화선임기자)

## 아이러니(Irony)

책 만드는 분이 책과 담을 쌓았다니⋯⋯. 출판 관련 직종에 계신 분들이 오히려 책을 잘 읽지 않는다는 사실은 익히 알고 있었다.

저자와의 인연은 수년 전 본인이 운영하는 독서포럼 나비*에 저자가 참석하면서 시작되었다. 이후 우리 연구소에서 진행하는 셀프리더십, 독서 과정 등의 세미나에 참석하며 변화의 서막이 올랐다. 저자가 운영하는 출판기획사 '엔터스코리아' 전 직원에게 교육과 독서 모임 컨설팅도 진행했다.

## 기적(Miracle)

안젤라 데이비스는 "잊지 마라, 벽을 눕히면 다리가 된다"라고 했다. 책과 담 쌓았던 분이 담벼락을 눕혀 멋진 다리를 만들었다.

지난 6년간 저자의 폭풍 변화와 돌파력은 놀랍다. 책을 손에서 놓지 않는다. 철저히 기록하고 메모하고 필사한다. 그 어렵다는 고전을 섭렵하며 천재들과 접촉하고 소통한다. 마포나비도 만들어 수년째 독서 모임을 운영하며 이끌고 있다.

리더십은 '3I'라고 한다. 첫 번째 아이덴티티(Identity), 자신의 정체성에서 시작해, 두 번째 인테그리티(Integrity), 진실성·온전함·지속성으로 누적되었을 때, 세 번째 인플루언스(Influence), 영향력이 생긴다.

저자 자신의 변화를 시작으로 경영하는 회사가 달라지고 마포나비를 통해 '대한민국 독서혁명'을 이끌며 실천하고 있다.

제대로 된 책쓰기 과정을 만들어 수많은 작가를 양성하며 '평생의 책한 권 쓰기' 꿈을 이루어주는 키다리 아저씨로 변신했다. 기적이 분명하다.

## 상식(Common Sense)

골리앗을 쓰러뜨린 다윗의 물맷돌은 기적의 돌일까, 상식의 돌일까? 많은 사람이 기적의 돌이라 말하지만 나는 상식의 돌이라 생각한다. 다윗이 양치기 시절 늑대나 맹수로부터 양(羊)을 지키기 위해 아마 수십만 번의 물맷돌을 던지며 99.9퍼센트의 명중률을 만들어냈을 것이다.

저자는 국내외 수백 명의 작가, 즉 수백 권의 책을 탄생시키며 양 (not 羊 but 量)을 관리했다. 질(質, Quality)을 말하지 말라. 먼저 양(量, Quantity)을 채워야 한다. 양질전환이다. 평범한 사람이 비범해지려면 상상치 못할 압도적인 양(量)이 필요하다고 한다.

저자는 이 책에서 20년 출판기획사를 운영하며 터득한 책쓰기 노하우와 책 만들기 영업 비밀을 아낌없이 오픈했다. 베스트셀러 5가지 조건이나 기획부터 출판까지 16가지 과정은 놀랍도록 솔직하고 철저한 출판 현장의 날것이다. 제목이나 목차를 수정해 대박 난 사례는 모골이 송연해진다. 소름이 돋는다.

평생에 책 한 권 쓰고 싶은 자, 베스트셀러를 꿈꾸는 자는 저자의 어깨에 올라타시라. 그리고 그 거인을 넘어가시라!

강규형(독서혁명가, (사)대한민국 독서만세(독서포럼 나비) 회장, 3P자기경영연구소 대표, 나비책방 대표)

\* '나비'는 '나로부터 비롯되는'의 약자로, 2009년에 시작된 독서토론 모임이다. 한국과 해외에서 500여 개 나비가 운영되고 있다. 장차 대한민국 10만 개의 모임을 넘어 아시아를 비롯한 전 세계 100만 개의 모임을 꿈꾸고 있다.

'베스트셀러'라는 단어는 책을 좋아하는 사람들의 마음을 참 설레게 한다. 특히 '나도 책 한번 써보고 싶다'고 생각한 사람들에게는 더욱 그렇다. 요즘 책쓰기 강의를 하면서 사람들의 마음속 깊은 곳에 '언젠가는 나의 이야기를 쓰고 싶다'는 생각이 담겨 있음을 절감한다. 유명하거나 전문성을 갖춘 사람들의 전유물이었던 책이 이제는 누구나, 취미이든 특기이든 이야기이든 개성이든 모든 것을 소재로 글을 쓸 수 있는 시대가 된 것이다.

나는 그런 모든 이를 응원한다. 100년도 채 되지 않는 인생을 살다 가는 우리에게, 자신만의 이야기를 담은 책 한 권 정도 남기는 것은 얼마나 의미 있는 일인가. 그리고 책을 쓴다는 것은 우리에게 많은 유익함을 가져다준다. 단순히 '글쓰기'라는 활동을 넘어 자신이 누구이며, 무엇을 좋아하며, 어떤 것에 관심이 많은지를 들여다보고 되새기고 끄집어내는 시간을 가질 수 있게 한다. 차분하게 생각하고 그것을 글로 담아내는 과정은 자기계발의 시간이요, 자기 성장의 순간이다.

나는 20년에 이르도록 책과 관련된 일을 하고 있는데, 요즘의 책 쓰기 열풍은 매우 긍정적이고 진화적이라고 본다. 앞으로도 나의 강의는 더욱 활발해질 것이며, 이왕이면 시간을 들여 준비한 책이 베스트셀러가 될 수 있도록 돕고 싶어 이 책을 기획했다. 이 책이 기존 도서들과 얼마나 큰 차별점이 있을지는 모르겠으나, 분명한 것은 책과 20년을 동고동락한 나의 현장 경험을 모두 담아내었다는 사실이다. 굳이 이 점을 강조하는 이유는 요즘 '책쓰기'와 관련해 일어나고 있는 일종의 사건들 때문이기도 하다. 비전문가로부터 잘못된 정보를 얻어 손해를 보는 일 말이다.

책을 한 권 낸다는 것은 많은 시간과 비용이 필요한 일이다. 순수하게 책을 쓰고 싶어 하는 사람들의 마음을 이용해 옳지 않은 행동을 하는 사람들이 있는 것은 이 때문이다. 베스트셀러를 만들어주겠다며 큰 비용을 요구하거나, 도저히 브랜드 가치를 올릴 수 없는 콘셉트의 스토리임에도 책쓰기 수업만 받으면 무조건 독자들에게 사랑받고 '대박' 나는 책이 나올 거라 유혹하는 이들을 볼 때면 실로 한숨이 나온다.

그들은 실제로 책에 대해 잘 알지 못한다. 그저 책 한두 권 정도 내본 경험이 있을 뿐인데 많은 사람을 코칭하며 돈을 벌어들인다. 그들의 돈벌이를 비난하려는 것이 아니다. 그런 과정을 통해 상처받은 많은 예비 저자의 하소연을 들었기 때문이다. 끝도 없는 이야기들을 듣고 있노라면 그저 답답할 따름이다.

그동안 나는 "책 좀 내라" 하는 권유를 제법 많이 들었는데 그때마다 "내가 무슨 책이야!" 하고 넘기곤 했다. 하지만 책쓰기와 관련한 비전문가들에게 피해를 입는 사람들을 보며 이제야 생각을 바꾸었다. 내가 아무리 이야기를 해도 내 이름으로 나온 책이 없으니 내 이야기를 제대로 귀담아듣거나 알아주지 않는다는 걸 느낀 것이다. 예비 저자들과 면 대 면으로 일일이 만날 수 있으면 좋겠지만 그러려면 1년 내내 전국 순회를 해도 모자랄 것이다.

나는 영화로 치면 영화감독이자 제작자이고, 책으로 치면 기획자이다. 정말 책을 제대로 세상에 내어놓고 싶다면 당신이 만나야 할 사람은 작가도, 마케터도 아닌 바로 기획자다. 이 책을 읽는 모든 이가 나를 찾아와야 한다고 말하려는 게 아니다. 제작자와 기획자는 항상 주인공을 빛나게 해주기 위해 자신의 모든 고민을 투자한다. 작품을 통해 주인공이 영웅이 되고 빛이 나게 하는 것 자체가 그들의 사명이자 직업이기 때문이다.

나를 포함해 모든 출판기획자와 출판사는 저자가 옳은 방향으로 나아가고, 더 나은 결과를 내고, 스타가 될 수 있게 하기 위해 늘 최선을 다한다. 저자가 그러한 노력을 알아준다면 더할 나위 없이 고맙고 감동적일 따름이겠다.

이 이야기를 하자니 떠오르는 일화가 있다. 우리나라 국민이라면 대부분 임권택 감독을 알 것이다. 그는 수많은 영화로 인기를 끌었고 존경을 받았다. 그와 늘 환상의 콤비를 이루던 사람이 있는데, 바로 영화 제작자인 이태원 대표다. 두 사람은《장군의 아들》등 유명한 작품을 여럿 만들어내며 한국 영화계에 한 획을 그었다.

2002년 임 감독은 칸 영화제에서《취화선》으로 감독상을 수상했는데, 당시 칸에 동행한 이 대표가 작품 수상 소감을 발표하려고 단상에 올라가다 보디가드로부터 저지를 당하는 해프닝이 있었다. 말 그대로 해프닝이었지만 웃지 못할 사건이다.

제작자가 없다면 작품이 세상에 나오지 못했을 테고, 외국에서는 감독이나 주연배우 또는 극작가만큼이나 제작자의 비중이 큰데, 우리나라는 그저 돈을 대거나 감독에게 휘둘리는 사람쯤으로 여겨지던 때였다. 그 사건은 내게도 매우 쇼크였다. 그 후로 책을 기획하고 수많은 베스트셀러 작가가 나오는 것을 지켜보며 여러 감정이 오버랩될 때마다 그 사건이 꼭 떠오른다. 스타와 흥행작이 탄생하기까지 그 뒤에서 끊임없이 노력하는 감독과 제작자가 존재한다는 것을 꼭 기억하자.


지금 이 책을 집어 든 당신은 책을 쓰고 싶거나 이미 출간한 자신의 책을 베스트셀러로 만들고 싶거나 혹은 첫 번째 책이 별 성과를 거두지 못한 채 다음 책을 준비 중일 수도 있겠다. 실패의 요인에는 여러 가지가 있겠지만, 첫 단추는 언제나 중요하다. 작가가 책의 방향을 잘 잡아줄 기획자와 함께 콤비를 이룰 때 베스트셀러의 탄생이 가능하다. 순전히 나의 생각이지만, 이는 언제나 결과로 증명되고 있다.

이 책이 당신의 첫 단추가 되길 간절히 바란다. 2만 원도 채 되지 않는 돈을 투자해 투자 대비 매우 만족스럽고 유익한 시간으로 그 보답을 받길 바란다. 책쓰기는 어렵지만 그만큼 당신의 인생에 커다란 재미와 감동을 선물해줄 것이다.

2019년을 맞이하며, 마포에서
제임쓰양

# Part 2 책은 어떻게 만들어지는 걸까?

## 4장 기획부터 출판까지, 책쓰기에 필요한 16가지 과정

"누구나 마음속에
책 한 권을 가지고 있다."

# Part 1

# 책쓰기는 처음이라서

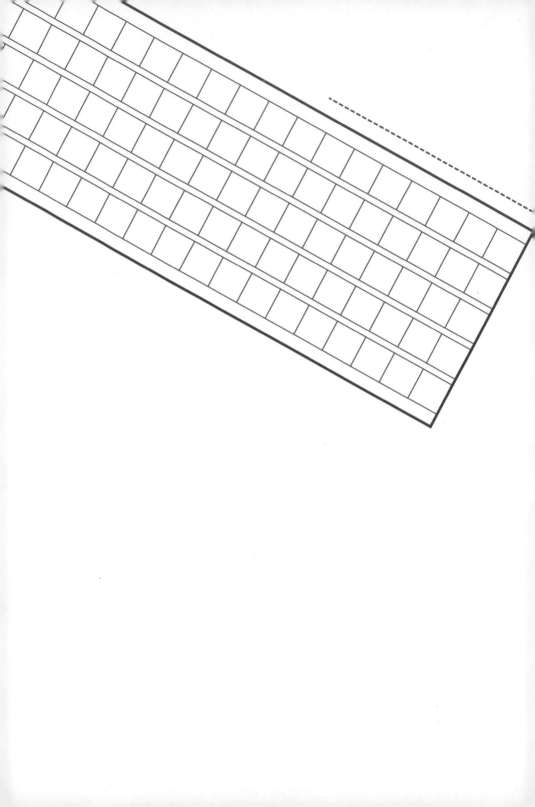

# 1장

# 책은 성공한 사람이 아닌,
# 성공을 꿈꾸는 사람이 쓰는 것이다

책은 성공한 사람의 전유물이 아니다.
거창한 스펙이 있어야만 책을 쓰는 시대가 아니다.
독자들은 유명인들, 수려하게 잘 쓰이거나 문학적 가치가 있는 책만
찾지는 않기 때문이다.
읽는 사람도 쓰는 사람도 같은 눈높이에서 책을 읽고 쓰는 시대이다.
사람들은 이제 조언보다는 위로를 원하고, 가르침보다는 공감을 원한다.
책을 읽으면서 '나도 이런 책을 쓰고 싶다'는 생각을 하고,
거대한 것부터 소소한 것까지 내게 필요한 정보를 얻고
내게 위안이 되는 메시지를 챙기려고 한다.
그리고 그러한 모든 행위, 즉 책을 쓰고 읽는 일련의 행위를 통해
행복을 느끼고 성취감을 느낀다.

## 대단한 사람들만
## 책을 낸다고?

 

나는 사람들과 잘 어울리고 사교적인 편이지만, 누군가를 따라 하지는 않는다. 그래서 잘 웃고 무난한 성격임에도 고집 있다는 소리를 듣곤 한다. 이 책도 나의 고집으로 시작했다.

불과 10여 년 전까지만 해도 "저 책 낸 사람입니다" 하면 아주 대단한 사람이라고 생각했다. 책을 출간한다는 것은 매우 훌륭한 업적을 이루었거나, 한 분야에서 권위가 있거나, 필력이 대단히 뛰어난 사람만 할 수 있는 일이라고 여겼기 때문이다.

그런데 몇 년 전부터 출판의 흐름이 많이 바뀌었다. 나는 20년 가까이 책과 관련된 일을 하고 있지만 서점에 그리 자주 가는 편은 아니었다. 지금에서야 고백하지만 당시에는 책을 많이 읽지도 않는 편이었다. 그러나 최근 몇 년 동안 "제임쓰양을 만나고 싶으면 서점으로 오라"고 할 정도로 나는 서점을 내 집처럼 들락거렸다. 매일 아침

두 시간 동안 책을 읽고 필사하는 습관을 6년 넘게 유지하고 있다.

최근 출판 시장의 동향을 보니 '베스트셀러' 목록에 있는 책들의 저자 계층이나 직업군이 과거보다 훨씬 다양해졌음을 알게 됐다. 아주 유명한 사람이 아니어도 자신만의 이야기를 하고 싶다면, 한 분야에 대단한 연구 실적이 없더라도 자신이 알고 있거나 좋아하는 분야에 대한 이야기를 꼭 알리고 싶다면, 누구나 책을 그 매개로 삼는 것이다.

이렇다 보니 '글쓰기' 혹은 '책쓰기'에 대한 수요가 엄청 높아졌다. 글 좀 쓴다는 사람들은 글쓰기 책을 내고, 책을 출간해서 크건 작건 성공해본 사람들은 책쓰기 책을 낸다. 그런 류의 책이 몇 년 사이 수백여 종에 이른다. 그 모든 책을 다 볼 수는 없었지만 지난 몇 년간 내가 읽은 수백 권에도 책쓰기 혹은 글쓰기 주제의 책이 꽤 된다.

그 책들에는 나름의 경험이 담겨 있고, 책쓰기를 통해 자기계발을 하고, 자신이 잘하는 것을 발견하고, 그것을 기록으로 남길 수 있어 좋다는 정보가 있다. 하지만 그 모든 것에서 2퍼센트 부족하다고 느낀 것은 왜일까?

최근 몇 년 사이, 나는 국내서 기획에 엄청 매진했다. 사실, 눈만 뜨면 '오늘은 어떤 저자와 어떤 책을 만들어볼까'를 고민했고, 어떤 날은 하루 종일 신들린 사람처럼 제목과 카피를 뽑아냈다. 원래 나는 외서 기획이 주 업무였는데, 그때도 다양한 국가의 책들을 각 출판사에 소개할 때 원서 제목을 그대로 보낸 적은 거의 없었다. 기획 안을 작성하면서 '그래, 이거다!' 하고 감이 딱 오는 제목들이 있는

데, 내가 지은 제목대로 책을 출간해 소위 대박이 난 경우도 많다. '내가 이 부분에 좀 재주가 있구나' 싶기도 했다.

나는 일본어는 잘하지만 중국어는 젬병이라 베이징국제도서전에는 통역사를 대동한다. 현지 서점에 가면 내가 원하는 책을 당장 검토해볼 수 없기 때문에, 통역사에게 제목을 먼저 물어본다. 제목이 좀 끌리면 이번엔 카피, 그러고 나서 최종적으로 심층 검토할 책을 선택한다.

그렇게 고른 책들을 한국에 가지고 와서도 날것 그대로 출판사에 보내지 않는다. 직원들이 내용을 검토하고 요약할 동안 나는 훨씬 더 끌리는 제목과 카피를 고민한 후 멋지게 재가공하여 출판사에 보낸다. 중국 출장 때 골라온 책 중 70퍼센트를 계약 성사시키기도 했다. 야구로 치자면 7할! 3할만 넘어도 천재라고 하는데, 엄청난 승률이었다.

업계의 생리를 모를 수도 있으니 살짝 덧붙이자면, 100권 중 10권에서 15권만 계약을 성사시켜도 성공적이라고 말한다. 그런데 70권을 성사시킨 셈이니 이는 정말 놀라운 수치다. 아마 업계에서 전무후무하지 않을까 싶다. 물론 나도 깜짝 놀랐다. 동시에 '카피의 힘'이 얼마나 큰지를 실감했다.

몇 년 전의 일이다. 출판사 라이스메이커는 책을 17권 냈는데 한 권도 성공을 거두지 못해 고전하고 있었다. 어느 날 우리 회사에 찾아와 좋은 책을 소개시켜달라고 했는데, 그때 내가 소개해준 책이 바로《하버드 새벽 4시 반》이었다.

사실, 이 책에는 비하인드 스토리가 있다. 이 책은 중국 도서로, 제목과 카피를 가공해 레터를 내보냈는데, 수십 군데 출판사 중 한 군데도 관심을 보이지 않았다.

'아무리 생각해도 괜찮은데 왜 아무도 관심을 갖지 않을까.'

내심 '내가 요즘 트렌드에 뒤처지는 건가?' 싶을 정도로 실망감이 이만저만이 아니었다. 그래서 직접 몇몇 출판사에 전화를 걸어 이 책을 권했더니 하나같이 "하버드 관련 책은 이제 너무 식상하구요. 제목도 좀 그래요"라는 답변을 했다. 제목만으로도 5천 부는 팔 수 있다 설득했지만 내 말은 허공중에 흩날렸다. 그러다가 결국 임자가 나타났다. 《하버드 새벽 4시 반》은 1년 동안 종합 베스트셀러 상위권에 있으면서 30만 부 판매라는 대박을 터뜨렸다.

외서에만 활용하던 그 재주가 국내서를 기획하면서 더욱 빛을 발했다. 내가 만난 대부분의 사람이 워낙 좋은 저자였고, 콘텐츠 또한 훌륭해서였겠지만 원고를 읽고 있자면 나도 모르게 좋은 제목들이 떠올랐다. 그렇게 저자를 발굴하고, 콘셉트를 잡고, 제목과 카피를 쓰는 일들을 계속하자 어느 날 '이런 책들이 베스트셀러가 되는 거구나' 하는 감이 생겼다. 나는 그것을 그저 '감'으로만 놔둘 게 아니라 책을 내고 싶어 하는 많은 사람에게 알리고 싶은 욕구가 생겨났다. 지금껏 쌓은 노하우와 나만의 비법, 말로 콕 짚어 표현하기 힘들어서 머릿속에서만 빙빙 맴돌던 내용들을 하나하나 정리했다. 또 그걸 주변인들에게 이야기하다 보니 어느새 나는 책쓰기 강사가 되어 있었다, 그것도 꽤 인기가 있는.

강의를 하면 할수록 나는 시중의 '책쓰기' 관련 책들에 아쉬움이

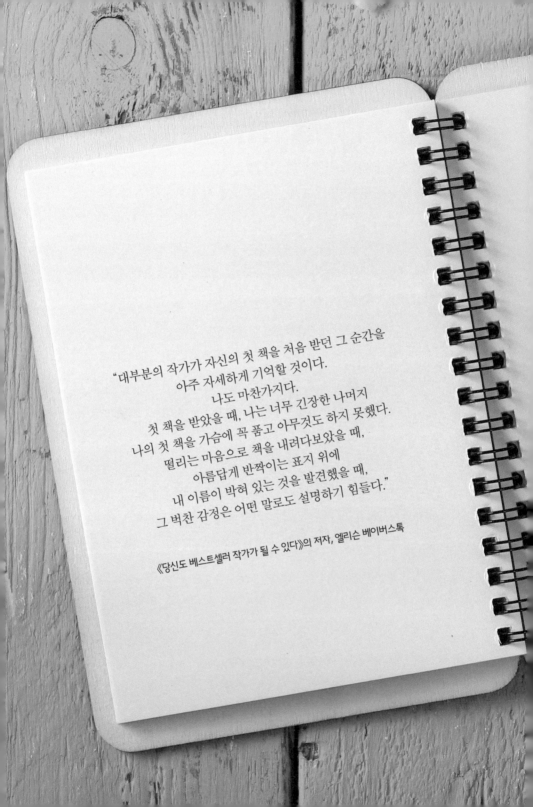

"대부분의 작가가 자신의 첫 책을 처음 받던 그 순간을
아주 자세하게 기억할 것이다.
나도 마찬가지다.
첫 책을 받았을 때, 나는 너무 긴장한 나머지
아무것도 하지 못했다.
나의 첫 책을 가슴에 꼭 품고 책을 내려다보았을 때,
떨리는 마음으로
아름답게 반짝이는 표지 위에
내 이름이 박혀 있는 것을 발견했을 때,
그 벅찬 감정은 어떤 말로도 설명하기 힘들다."

《당신도 베스트셀러 작가가 될 수 있다》의 저자, 엘리슨 베이버스톡

생겼다.

'조금 더 쉽게, 조금 더 솔직하게, 조금 더 실용적으로 이야기해줄 수는 없을까.'

지인들은 내가 이 책에 담으려는 내용이 너무 '핫한 팁' 아니냐며 노출하기를 말렸지만, 그들의 만류에도 난 고집을 부렸다.

책은 유용한 정보를 정확하게 전달한다는 고유의 기능을 갖고 있지 않은가. 나는 그에 충실하게 내가 경험을 통해 알게 된 좋은 정보를 모두 담고자 한다. 아마 이 책을 읽고 나면 당장 펜을 꺼내 들고 '나는 무슨 책을 쓰지?' 하며 본인의 책 기획을 시작할지도 모른다. 좋다! 그게 바로 나의 의도이니까. 다만, 내 의도에 충실하면 좋겠다.

나는 책을 복잡하게 쓸 생각도, 어렵게 쓸 생각도 없다. 잘난 척하며 쓸 생각은 더더욱 없다. 궁극적으로 나는 당신이 바로 '저자'가 되도록 도와주고 싶으니까. 나는 그 목적에만 충실하기로 마음먹었다.

이 책은 기존의 책들과 분명 다르다. 이 책이 '책쓰기'를 준비하는 당신에게 반드시 '인생의 책'이 될 것이라 믿는다.

어느 날 한 지인이 물었다.

"나는 잘하는 게 술 마시는 것밖에 없는데 이런 내가 무슨 책을 쓸수 있을까요?"

"무슨 술을 좋아하는데요?"

"아, 그걸 어떻게 다 말하나요. 한두 가지가 아닌데…… 그리고 술마다 맛도 느낌도 스토리도 다 달라서 하나만 콕 짚어서 말하기 어려워요."

나는 웃으며 그에게 대답했다.

"그럼 그걸 책으로 내면 되겠네요."

우리나라 사람들이 술을 얼마나 좋아하는가! 술을 좋아하는 이자카야 주인장이 어떻게 술집을 차려서 성공했는가 하는 이야기가 엄청나게 히트를 치지 않았던가. 술과 함께 인생을 즐기는 한 애주가의 사랑과 삶의 이야기도 꽤 재밌지 않을까.

그렇다. 책은 성공한 사람의 전유물이 아니다. 거창한 스펙이 있어야만 책을 쓰는 시대가 아니다. 독자들은 유명인들, 수려하게 잘 쓰이거나 문학적 가치가 있는 책만 찾지는 않기 때문이다. 읽는 사람도 쓰는 사람도 같은 눈높이에서 책을 읽고 쓰는 시대이다. 사람들은 이제 조언보다는 위로를 원하고, 가르침보다는 공감을 원한다. 책을 읽으면서 '나도 이런 책을 쓰고 싶다'는 생각을 하고, 거대한 것부터 소소한 것까지 내게 필요한 정보를 얻고 내게 위안이 되는 메시지를 챙기려고 한다. 그리고 그러한 모든 행위, 즉 책을 쓰고 읽는 일련의 행위를 통해 행복을 느끼고 성취감을 느낀다.

그래서 이 장의 제목을 '책은 성공한 사람이 아닌, 성공을 꿈꾸는 사람이 쓰는 것이다'라고 한 것이다. 여기에서 성공은 꼭 돈을 벌거나 명예를 얻는 것만을 의미하지 않는다. 언젠가 일기장에 몰래 쓴 꿈이 이루어졌거나, 혹은 그 과정에 있거나, 자신이 생각하는 행복의 기준에서 많이 비켜나 있지 않은 것도 성공이다. 책은 그렇게 성공하고 싶은 사람이 쓰는 것이다.

이 책을 읽는 모든 사람이 한 번쯤은 '나의 책'을 내는 것에 욕심을 내고, 용기를 내기 바란다. 이왕이면 베스트셀러가 되면 더 좋을 테니까, 조금 더 잘 쓰고 잘 팔 수 있는 방법에 대해 내가 알고 있는 유용한 정보들을 공유하고자 한다.


한 권의 책을 완성하기란 쉬운 일이 아니다. 우선 어떤 책을 쓸지 결정해야 하고, 어떤 글로 채울지 고민해야 한다. 책을 채울 글들을 만들어나가야 하고, 또, 또…… 꽤나 복잡하다. 하지만 한 가지 분명한 것은 그 과정이 당신에게 엄청난 기쁨과 성취감을 안겨줄 거라는 사실이다. 수줍은 모습으로 "내가…… 할 수 있을까요?" 하며 나를 찾아왔던 분들이 시간이 지나면 언제 그랬냐는 듯 적극적으로 책쓰는 모습을 많이 보았다. 나 또한 지금 이 순간 엄청난 희열을 느끼고 있다. 내 오랜 꿈을 실현하고 있기 때문이다. 이 책이 서점에 깔린 후 베스트셀러가 되느냐는 나중 일이다. 내가 그동안 하지 못했던 이야기를 이렇게 쏟아내고 있자니, 형언할 수 없는 감격이 밀려온다.

원고지 700~800매의 글을 어떻게 써나가야 할지 막막하다면, 내가 당신을 이제부터 수다쟁이로 만들어주겠다. 책을 마감할 때쯤이면 "아, 이거 좀 더 넣으면 안 되나요?", "이건 이렇게 바꾸면 안 될까요?", "이 부분은 이렇게 하는 게 낫겠는데요?" 하며 편집자에게 진상을 부리고 있는 당신을 발견하게 될지도 모른다.

물론, 내가 알려주는 팁들이 100퍼센트 당신에게 적격이라고 단언할 수는 없지만, 꽤 도움 될 것임은 확신한다. 언제나 내 수업을 듣는 사람들이 그러하듯, 당신 또한 이 책을 읽으며 많이 웃고 용기를 얻고 가슴이 뜨거워지길 바란다.

## 책과 담 쌓았던 내가
## 작가를 꿈꾸기까지

우연한 계기로 한창 탐독에 빠졌을 때, 문득 자각했다.

'책과 관련된 일을 하면서 나만큼 책을 안 읽는 사람도 없었구나!'

하나를 잡으면 진득하게 오래 하기를 좋아하고 깊이 빠지는 습성
이 있어서인지 독서도 그랬다. 그런데 다른 취미들은 몇 년 지나면
질리거나 '이제 그만해도 되겠다' 싶은 생각이 들곤 했는데, 독서는
달랐다. 까도 까도 자꾸만 새로운 게 나오는 양파처럼, 책 한 권을 읽
고 나면 다음에 읽어야 할 책의 목록이 자꾸 늘어갔다. 게다가 책을
읽으면 읽을수록 내가 유식해지는 게 아니라 나의 무지함이 도드라
지게 느껴졌고, 나도 모르게 고개를 숙이는 겸손한 자세를 배우게
됐다.

세계는 넓고 가볼 곳도, 경험해볼 것도 많지만 100년 가까운 유한
한 시간과 물리적 한계는 우리에게 그 모든 것을 허용해주지 않는

다. 그래서 책이 있다. 책은 그 모든 것을 이미 경험한 많은 사람이 남겨놓은 흔적들이기에 그것을 따라가보는 것만으로도 고스란히 감동을 느낄 수 있다.

독서를 하는 하루하루가 어느새 한 달을 채우고 1년을 넘어 6년이 되는 동안 나는 30만 페이지를 넘게 읽었다. 이는 내 직업에 시너지가 되었다. 창의적 발상과 지적 소양을 동시에 필요로 하는 기획 업무에서 나는 '촉', '감각'에 의존하곤 했다. 여기에 독서를 통한 지적 밑거름이 조금씩 쌓이니 생각의 깊이와 넓이가 확장되는 느낌이었다. 평소에는 잘 못 느끼지만 창의적인 생각을 해야 할 때, 골똘히 하나에 집중하고 생각하며 아이디어를 끄집어내거나 문제를 해결할 때 비로소 독서로 쌓아온 간접 경험들이 드러나는 것이다. 이게 바로 내가 독서 예찬가가 된 이유다.

내 일에 대한 완성도는 더욱 높아졌지만, 사실 책을 읽을 생각만 했지 쓸 생각은 엄두도 내지 못했다. 우리 회사에서 책을 기획해 저자가 된 이들이 책쓰기 강의를 다니고 책 전문가라고 이야기를 하고 다닐 때도 그랬다.

'아, 이런! 이게 뭐지? 진짜 책쓰기에 대한 팁은 저런 게 아닌데!'

이런 안타까움은 있어도 내가 나서서 무언가를 해야겠다는 생각은 하지 못했다. 하지만 주변 사람들은 달랐던 것 같다. 내가 빛나는 것보다 남을 빛나게 해주는 것을 더 기쁘게 여겼던 나에게, 결코 생각하지 못했던 번뜩이는 지인의 조언이 다가왔다. 내가 하고 있는 강의나 지금껏 쌓아온 노하우에 대한 내용들을 정리해주는 것 또한 남을 빛나게 해주는 일의 연장선에 있다는 것이다.

'그렇구나!'

나는 드디어 용기를 냈고, 책쓰기를 준비하는 내내 그동안 읽은 책들과 메모해둔 것들을 다시금 살펴보았다. 그리고 내가 독서에 심취하지 못했다면 지금과 같은 일은 일어나지 않았을 것임을 실감했다. 이제 나는 자신 있게 말할 수 있다. 작가가 되고 싶다면 먼저 독서가가 되라고 말이다. 꼭 작가가 되지 않더라도 독서는 삶을 바꿔주는 큰 계기가 된다. 이전과는 전혀 다른 삶을 살게 하고, 다른 생각을 하도록 만들어줄 것이다.

처음에는 쉬운 책부터 시작해 차근차근 나아갔는데, 어느새 나는 철학책 탐독에 푹 빠졌다. 이건 탐닉이라고 할 정도로, 철학과 인문학에 빠져버렸다. 급기야 나만의 인문학 강의를 만들어 사람들과 함께 토론도 하고 강의도 했다. 가장 먼저 접한 철학책은 소크라테스의《플라톤의 대화편》이었는데, 정말 많은 생각과 사색을 하게 해준 책이다. 잠들지 않는 삶, 깨어 있는 삶, 검토된 삶을 살아갈 수 있게 해준 최고의 책. 지금도 그때 그 책을 읽던 날들을 생각하면 첫사랑을 만났을 때만큼이나 가슴이 설렌다.

독서가 주는 고마움을 쭉 한번 적어보니 아래와 같았다.

---

### 독서가 주는 고마움

*시간과 공간의 벽을 넘어 시대의 지식인과 소통하여 창조적
  아이디어를 얻게 해준다.
*혼자 있을 때 자아의 힘에 눈뜨게 하고 마음을 강하게 한다.

*복잡한 머릿속을 정리해주고, 마음을 안정되게 하고 명확한
판단을 내릴 수 있도록 도와준다.
*생각의 깊이를 더해주고, 깊은 내면에서 솟구치는 욕망의 갈
증을 해소해준다.
*인생의 목적을 현명히 바라보도록 해주고, 혼란과 방황을 멈
춰주며, 굳건히 살아갈 수 있게 도와준다.
*책을 읽고 토론하며 고찰하는 행위를 통해 해박한 지식과 예
술적 통찰력을 갖게 해주고, 지적인 교제를 하게 해준다.
*깨달음과 즐거움에 눈을 뜨게 하고, 자기 자신과 대화할 수
있도록 지혜의 창을 열어준다.

이와 더불어 2018년 1월의 어느 밤, 나의 SNS에 올린 글 하나를 여기 옮겨본다. 이 책을 읽는 독자들에게 독서에 대한 동기부여가 되길 바라면서…….

책을 가까이하지 않는 이들에 대한 안타까운 마음에 이 글을 올립니다.

겨울을 견뎌온 나무는 땅속 온도가 영상 7도 이상이 되면 부지런히 뿌리를 움직입니다. 뿌리로 수분을 모아 줄기로 보내야 가지 끝의 눈까지 수분이 도달하고 그래야 싹을 틔울 수 있기 때문입니다. 새순이 돋고 그 새순에서 예쁜 꽃이나 잎사귀가 나는 것은 지난여름부터 나무가 미리 준비하고 노동한 대가입니다. 겨울이 지나기도 전에 부지런히 뿌리가 물기를 끌어모은 덕분입니다. 이처럼 눈에 보이지는 않지만 나무는 뿌리와 더불어

열심히 준비하고 부지런히 노동을 합니다. 마치 얼었던 땅이 녹고 풀리면 농부가 씨를 뿌리기 전에 밭을 갈고 준비하듯이 말입니다. 우리도 독서를 통해 부지런히 미래를 준비하지 않으면 인생의 꽃을 피울 수 없습니다. 성공한 사람들은 내일을 위해 미리 새로운 생명을 준비합니다. 나무가 차가운 겨울바람을 맞으며 자신을 담금질하듯이 세찬 세파와 부딪쳐보고 그 아픈 경험을 통해 연단된 후에야 비로소 화려한 인생의 봄을 맞이하는 것처럼 우리의 삶도 이런 과정을 거치면서 인고의 시간이 흘러야 이루고자 하는 꿈이 현실이 되지 않을까요?

자, 이제 두근거리는 마음을 안고 다음 장으로 넘어가자. 벌써 1장이 끝났냐고? 그렇다. 원래 재밌는 드라마는 한 시간이 어떻게 흘렀는지 모른다고 하지 않던가. 이번 장에서 중요한 부분이 뭐냐고? 밑줄을 긋고 싶다면 바로 다음 문장이다. 소리 내어 한번 읽어보는 것도 좋겠다.

"책은 성공을 꿈꾸는 사람이 쓰는 것이다!"

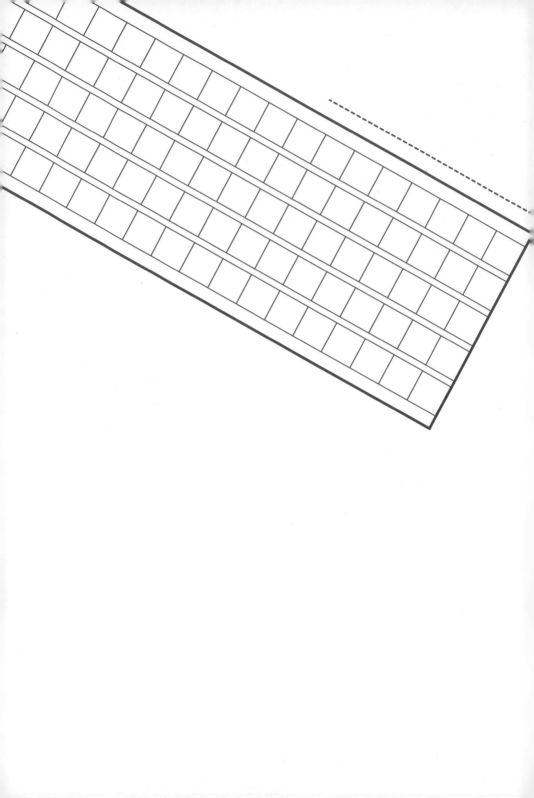

## 2장

# 당신도
# 베스트셀러 작가가 될 수 있다

아무런 전문성도 없고 이력도 없지만,
어쩌면 그래서 독자와 더 긴밀히 호흡하면서 책을 쓸 수 있다.
이것은 커다란 장점이다.
단, 충분한 독서와 사유의 시간은 필수다.
베스트셀러 작가는 누구나 될 수 있지만,
하루아침에 만들어지는 것은 아니다.
마음이 있는 곳에 뜻이 있고 뜻이 있는 곳에 길이 있다.
내 마음이 '책쓰기'를 향해 있다면,
적어도 책을 쓰기 위한 준비와 공부는 해야 하지 않겠는가.

# 독서는
# 쓰기의 바탕이 된다

　우리 회사에서 기획한 책 《나이 서른에 책 3,000권을 읽어봤더니》
에 재미있는 내용이 나온다. 저자는 자신이 물려받을 재산이 많았거
나 외모가 출중했다면 그렇게 열심히 독서하지 않았을 수도 있다고
말한다. 믿는 구석이 있으니 거기에 기대어 편하게 살았을 거라고
말이다. 그러나 그는 내세울 만큼의 외모도, 학벌도, 집안도 없었기
에 독서에만 매달렸단다. 독서를 통해 세상을 알아야만 자신이 원하
는 삶을 살 수 있을 거라는 생각에 말이다. 그리고 말한다.

　"나는 어느 누구도 아닌 나의 삶을 살고 싶었다."

　그는 결국 3천 권이라는 엄청난 양의 독서를 하는 과정에서 '나
도 꼭 책을 써야겠다'고 생각했고, 용기 있게 도전해 베스트셀러 작
가가 되었다. 이후 그는 《유대인의 생각하는 힘》이라는 책을 썼는데,
유대인 전문가가 아닌 그가 쓴 책이 베스트셀러가 된 것도 엄청난

독서를 통해 다져진 사유의 힘 덕분 아닐까.

요즘엔 책을 읽는 사람보다 책을 만드는 사람이 많다는 우스갯소리를 할 정도로, 독서에 대한 사람들의 관심이 낮다. 스마트폰이 생긴 후 인터넷이라는 정보의 홍수 속을 유영하느라 한 장 한 장 책장을 넘기는 즐거움은 잊힌 지 오래다. 영화 한 편 값과 책 한 권 값, 커피 두 잔의 값이 거의 맞먹지만 책은 세 가지 중 세 번째 순위인 데다 또 다른 리스트가 끼어들면 아마 그중 맨 마지막으로 밀려나버릴 것이다.

하지만 적어도 이 책을 읽는 당신은 독서의 즐거움 속으로 들어오기를 권한다. 뒤에서 더 자세히 설명하겠지만, 이 제안은 내 경험에서 우러나온 것이기도 하다. 인간은 자신이 몰랐던 것을 읽고, 이해하고, 생각하는 과정에서 성장해나간다. 그것은 때로 직접 경험하는 것 이상의 경험치를 가져다주기도 한다. 그렇게 사유한 것들은 오롯이 내 것이 되어 내가 쓰고, 말하고, 표현하는 모든 것의 바탕이 되기에 훨씬 가치 있다. 책을 쓰겠다고 다짐한 나와 당신이 책 한 권을 채우기 위해 하는 모든 사유에 도움 되는 것은 물론이다.

나는 최근 몇 년 동안 하루도 빼놓지 않고 책을 읽고 필사를 해왔다. 우연한 기회에 양재나비라는 독서 모임에 참여했다가 거기서 강규형 저자를 만났다. '쓰기'에 관심이 없었던 나조차도 변화시킨 그분의 바인더 쓰기는 정말 대단했다. 강규형 저자는 아침 6시 반이면 바인더를 쓰는데, 이 습관을 몇 년째 이어오고 있다고 한다.

그분을 만나고 나 자신의 변화를 겪은 후, 이 내용은 반드시 책으로 나와야 한다고 느꼈던 나는 책을 기획했다. 그 결과물이《성과를

지배하는 바인더의 힘》이다. 이 책은 출간 후 베스트셀러 5위에 올랐고 6만 부 이상 팔렸다.

나는 지금도 강규형 저자에게 정말 감사한 마음뿐이다. 그분 덕분에 나는 독서의 매력에 빠졌고, 독서와 필사를 뺀 내 삶은 상상하기 힘들 정도가 되었으니까. 또한 하루도 빠짐없이 필사한 것들을 어떻게 정리하고 데이터화해야 하는지를 알려주고 강의 코칭도 해준 최에스더 대표에게도 정말 고맙기 그지없다. 그분은 내가 준비한 강의 PPT를 보면서 여러 가이드를 제시해주었다. 독서 코칭을 전문으로 하고 있는 최 대표는 즉석에서 적재적소에 알맞은 용어나 스토리를 재구성해내는 능력이 정말 뛰어나다.

내 책장, 회사의 내 방 책상 위, 또 내가 있는 곳곳에 쌓여가는 수많은 책과 필사 노트를 보면서 이게 '실화인가?' 할 정도로 놀랄 때가 있다. 그러면서 깨닫곤 한다. '아, 이렇게 나의 내면을 꽉꽉 채워가는 거구나……' 하고.

처음에는 쉽고 재미있는 책으로 시작했지만, 점점 어려운 고전과 한 번 읽어서는 이해하기 힘든 책들을 독파해가면서 나는 더욱 겸손해지고 또 동시에 자존감을 회복하고 마음이 너그러워지는 것을 느꼈다. 이 일을 하면서 정말 수많은 저자를 만나고, 그들의 이야기에 귀 기울이고, 그들의 삶과 가치관과 철학에 대해 공감하고 또 질문하였다. 이를 통해 내 안에만 갇혀 살던 생각들이 넓어지고, 나 아닌 다른 사람들의 이야기를 듣다 보니 인간에 대해 좀 더 넓은 시야를 가지게 되었다. 내가 얼마나 옹졸한 인간이었으며, 세상을 바라보는 나의 식견이 얼마나 좁았는지도 깨달았다. 그 모든 과정은 나에게 엄청난 성장을 가져다주었고, 내가 수많은 베스트셀러를 배출해내는 기획자가 되는 데 큰 영향을 미쳤다.

# 나도 했으니,
# 당신도 할 수 있다

　나는 독서 전문가는 아니지만 독서에 대한 이야기를 하고, 또 글쓰기 강사는 아니지만 어떻게 하면 베스트셀러 작가가 될 수 있는지를 이야기하고 있다. 앞서 책은 성공을 꿈꾸는 사람이 쓰는 시대라고 말했다. 생각은 많지만 그걸 말이나 글로 표현하는 데는 영 젬병이던 내가 이렇게 강의도 하고 글도 쓰는 강사이자 작가가 되었는데, 설마 당신이 못할까. '아무나' 할 수 있다는 뜻이 아니라 '누구나' 할 수 있다는 말이다.

　다음의 책들을 한번 보자.

　'유대인'과 관련된 책을 썼다 하면 아마 저자가 그 분야에 굉장한 권위자이거나 전문가일 거라고 생각하게 마련이다. 그런데 막상 그 책들을 살펴보면 놀라운 사실을 발견할 수 있다. 저자 대부분이 정통 유대인 교육을 전공한 전문가가 아니라는 것!

　우리나라 사람들, 특히 자녀를 둔 부모는 '유대인'이라는 키워드를 정말 좋아한다. 그래서 유대인 관련 도서는 정말 내용이 허접하지 않은 이상 어느 정도는 팔리는 게 실상이다.《유대인의 생각하는 힘》을 쓴 이상민 저자도 비전문가요,《1% 유대인의 생각훈련》을 쓴 심정섭 저자도 서울대학교에서 동양사학을 전공한 비전문가다.

　《나는 가상화폐로 3달 만에 3억 벌었다》를 쓴 빈현우 저자는 과거에 스피치 관련 책을 쓴 적이 있다. 포항공과대학교에서 컴퓨터공학을 전공한 저자는 오히려 스피치에 대한 두려움을 안고 있었다. 사람들 앞에서는 떨려서 제대로 말 한마디 못 하던 그는, 이대로는 안 되겠다 싶어 스피치를 배우기로 했다. 그 과정에서 '스피치가 이렇게 매력 있는 거구나' 하는 걸 느꼈고, 자신처럼 스피치에 대한 두려움과 답답함을 가진 이들에게 극복할 비법을 알려주려 그 책을 썼다고 한다. 콤플렉스가 오히려 책의 주제가 되고 그를 책의 저자로까지 만들어준 것이다.

이후 그는 자신과 비슷한 고민을 가진 사람들을 모아 강연을 하고 수익을 내며 지냈다. 그리고 한참 후 나와 이야기를 나누다가 우연히 기획을 통해 가상화폐 관련 도서를 출간하게 된 것이다.

그 과정도 참 특별했다. 그와 나는 꽤 친분이 두터웠고 시간이 맞을 때는 함께 운동을 하곤 한다. 햇살이 좋던 그날도 이런저런 근황을 나누며 운동을 하던 중, 그가 가상화폐로 돈을 번 이야기를 들려주었는데 그게 참 솔깃하게 다가왔다. 짧은 시간에 꽤 큰돈을 벌었다는 단순한 사실에 관심이 쏠린 게 아니다. 일단 그의 경험담이 재미있었고 재테크에 관심 있는 사람들에게 좋은 팁이 되어줄 거라는 데 생각이 미친 것이다.

나는 즉석에서 그에게 "이거 책으로 냅시다! 제목 이거 어때요? 나는 가상화폐로 세 달 만에 삼 억 벌었다!"하고 제안했고, 우리 둘은 의기투합해서 책을 만들었다. 이 책은 2개월 만에 2만 부가 팔려 당당히 경제경영 1위에 올랐다.

당시 저자가 이 분야의 전문가도

아니었고, 스피치 책 출간 말고는 특별한 출간 이력도 없었다. 하지만 그의 이야기는 충분히 재미있었고, 가상화폐는 한창 핫한 주제였기 때문에 나는 이 책이 충분히 가능성이 있다고 판단했다.

그는 3개월 만에 가상화폐로 3억을 벌었지만, 책이 베스트셀러가 되면서 벌어들인 수익은 그에 비할 수 없을 만큼이었다. 그의 책은 각종 TV와 언론매체에 소개되었고, 그는 수많은 강의 요청을 받고 있다. 작년 10월에는 한국경제TV에서 전 세계 AI 1인자들을 초청해 대담하는 자리에 그도 '한국의 가상화폐 전문가'로 초대받았으며, 최근에는 머니투데이에도 출연했다.

이것이 바로 책의 힘이다. 이 책은 '누구나 책을 쓸 수 있다'는 점을 강조하기 위해 내가 강의에서 자주 예시로 드는 책이라 앞으로도 이 책에서 자주 언급될 것이다.

그때 생각을 하면 지금도 참 짜릿하다. 나는 이런 경험에서 굉장한 행복감을 느낀다. 내가 돈을 버는 게 아닌데도 말이다(그래서 내 별명이 오지라퍼다. 남 잘되게 해주는 거에서 가장 큰 기쁨을 느낀다고! 어떤 사람은 감사하게도 이런 나에게 '축복의 다리'라는 별명을 붙여주었다).

우연히 우리나라에서 관상을 제일 잘 본다는 분과 마주친 일이 있었는데, 그분이 나더러 "당신은 남을 빛나게 해주는 사람"이라고 했다. 그러더니 나한테 자신의 책을 기획해달라고 부탁하는 게 아닌가.

'칭찬인가? 근데 기분이 왜 이리 묘하지?'

어쨌든 확실한 건, 나는 정말 다른 사람을 빛나게 해주는 것에 늘 관심이 많고 그런 모습을 볼 때 행복감을 느낀다는 사실이다.

'누구든 책을 쓸 수 있다'고 강조하면 종종 "나는 저자소개란에 쓸 게 별로 없는데요?"라고 말하는 사람이 있다. 빈현우 저자도 마찬가지였다. 그는 스피치 책에는 그와 관련된 이력이, 가상화폐 책에는 또 그에 어울리는 이력이 들어갔다. 이건 대단한 걱정거리가 될 수 없으니 미리부터 걱정하지 않아도 된다.

그래도 걱정이 된다고? 그렇다면 다음의 저자들을 보자.

《나는 스타벅스보다 작은 카페가 좋다》를 쓴 조성민 저자는 카페

아르바이트생으로 시작해 점장 2년 만에 13평짜리 작은 카페의 사장이 되었다. 이 이력이 전부이지만 그는 자신이 작은 카페의 주인이 되기까지 경험한 것들을 생생하게 책에 담았고, 실제로 작은 카페의 사장이 되고 싶어 하는 많은 이에게 실용적인 정보를 제공했다. 더불어 카페를 하고 싶지만 선뜻 실행하지 못하는 이들에게도 동기부여와 용기를 주어 좋은 평을 받았다.

《당신의 뇌를 경영하라》의 김병완 저자는 뇌 전문가라든지 자기계발 전문가가 아니다. 삼성전자에서 10년 이상 근무한 이력만 있을 뿐이다. 그는 독서로 뇌를 훈련하고 그것을 통해 원하는 인생을 살아가는 방법을 전달한다. 베스트셀러를 낸 이지성 저자도 초등학교 교사 출신의 작가 지망생이었다. 그는 전공 분야가 아님에도《내 아

이를 위한 칼 비테 교육법》을 썼다.

　이처럼 책쓰기 혹은 글쓰기에 관한 책을 쓴 많은 사람이 해당 분야 이력이 전무하거나 비전문가인 경우가 수두룩했다.

　결국 책을 쓰는 데 중요한 것은 '나의 이력'이 아니라는 것이다. 그렇다면 책은 어떤 사람이 쓰는 걸까?

# 나같이 평범한 사람도
# 책을 쓸 수 있나요?

책쓰기 강의를 하며 정말 수없이 받은 질문이다. 그때마다 내가 한 대답은 이것이다.

"네, 물론입니다. 책은 누구나 쓸 수 있습니다!"

최근 내가 만든 단어가 하나 있다. 바로 '듣보작'이다. 이는 '듣도 보지도 못한 생초보 작가'를 지칭하는 말인데, 대단한 누군가가 아니라 생초보 작가가 책을 써서 성공한 사례가 실제로 참 많다. 일일이 거론할 수 없지만 지금 당장 온라인 서점에 들어가 랭킹을 확인해보면 알 수 있을 것이다. '이 사람은 누구지?' 하는 저자들이 떡하니 순위에 올라 있는 것을! 나이도, 성별도, 계층도, 직업도, 그리고 저마다 이야기하는 주제도 참 다양하다. 그들은 대체 어떻게 베스트셀러 작가가 된 걸까?

나는 책을 쓸 수 있는 유형을 총 4가지로 분류한다. 당신은 이 중 어디에 해당되는지 한번 체크해보자.

첫째, 인생의 굴곡이 심한 사람들.

〈인간극장〉이 장수 프로그램인 데는 역시 그만한 이유가 있다. 눈물 없이는 들을 수 없는 감동적인 인생 스토리를 가지고 있는 사람들이 있다. 내 주변에도 그런 사람들이 있는데 그냥 이야기를 듣고만 있어도 가슴 깊은 곳에서 감동이 밀려온다. 울기도 하고 웃기도 하면서 들었던 그 이야기를 좀 더 많은 사람이 듣는다면 얼마나 좋겠는가.

《고물상 아들 전중훤입니다》는 찢어지게 가난한 가정에서 태어나, 고물상 어머니의 뒷모습을 보고 자란 사람의 이야기다. 그 고난을 딛고 그는 유명 기업의 대표이자 대한민국 최초로 아시아태평양 국제 세무사가 되었다.

우여곡절 가득한 과거의 이야기들을 듣다 보면 우리가 살아온 역사를 다른 사람의 눈으로 훑어보는 것 같아 가슴이 짠하다. 그런 사람들의 이야기는 당연히 책으로 나와야 한다.

《멈추지 마, 다시 꿈부터 써봐》의 김수영 저자는 어릴 적 폭주족과 어울리고 싸움질을 밥 먹듯 하던 이른바 비행소녀였다. 검정고시

를 치러 실업계에 진학했고, 실업계 학생으로는 처음으로 〈KBS 도전 골든벨〉에서 골든벨을 울렸다. 세계적인 금융 회사 골드만삭스에 입사한 그녀는 얼마 지나지 않아 암 선고를 받는다. 남들이 들어가지 못해 안달하는 회사에 사표를 던진 그녀는 70여 개국을 여행하며 자신이 보고 느끼고 깨달은 것을 담아《멈추지 마, 다시 꿈부터 써봐》를 냈다. 10년 넘게 세계를 누비며 인생을 새롭게 써 내려간 그녀는 지금 80여 개국을 여행하고 200만 명이 넘는 팔로워를 가진 베스트셀러 작가이다.

한국의 대표적 건강식품 회사인 천호식품의 회장이자 '뚝심대장', '인간 발전기' 등의 닉네임으로 불리는 김영식 저자도 책을 냈다.《10미터만 더 뛰어봐!》이다. 이 책에는 참담한 실패를 딛고 일어선 저자가 어떻게 완전 밑바닥에서 정상까지 올라왔는지 그 생생한 이야기와 함께 산전수전 성공 노하우가 담겨 있다.

둘째, 원래 유명한 사람들.

사회적으로 명망 있거나 인기 있는 연예인, 유명한 강사 들은 출판사에서 책을 쓰자고 제안을 한다. 그들은 이미 자기만의 콘텐츠를 가지고 있어 책을 만들기도 쉽다. 그들이 책을 낼 경우, 저자도 지적 이미지를 얻어 날개를 다는 셈이고, 출판사 역시 저자의 인지도 덕분에 책 홍보 및 판매가 좀 더 용이할 수 있다.

이미 강사로 유명했던 김미경 저자, 청소년들에게 역사 강사로 인기몰이 중이었던 설민석 저자 등을 보자. 김미경 저자는《언니의 독설》, 설민석 저자는《설민석의 조선왕조실록》을 출간함으로써 그들의 유명세는 더욱 거세게 불타올랐다. 그들은 기존 강의는 말할 것

도 없고, CF를 찍고 TV나 라디오 등에 출연하는 쾌거를 올렸으며, 지금은 쉽게 만나기조차 힘든 그야말로 유명인이 되었다.

셋째, 각 분야의 전문가들.

책은 지식과 정보를 전달하는 성격을 지니고 있기에 오래전부터 전문가들의 전유물이 되어온 것이 사실이다. 오늘날처럼 온라인으로 정보를 얻을 수 없던 시절, 논문을 쓰거나 연구를 할 때, 혹은 작은 정보 하나를 얻기 위해서라도 우리는 도서관에 가야 했다. 책 속에 담긴 전문가의 기록을 확인해야 원하는 정보를 얻을 수 있었기 때문이다. 하지만 요즘은 정보를 얻고자 하면 인터넷 접속 하나로 대부분 해결된다. 그럼에도 전문가들이 필요한 것은 부인할 수 없다.

작은 식당을 운영하다가 대박이 나서 프렌차이즈 100개를 성공시킨 노하우를 가진 사람, 어려운 법률을 재밌게 풀어서 일반인들이 쉽게 읽고 이야기할 수 있게 한 법조계 종사자, 1인 기업가의 작은

스토리 등이 여기에 해당한다. 아동심리학 분야의 교수나 심리상담사가 전문 계층을 타깃으로 쓴 심리 에세이나 심리학 도서도 마찬가지다. 지금도 베스트셀러로 잘 팔리고 있는 《자존감 수업》 역시 이 경우이다.

최근 핫이슈였던 《언어의 온도》 저자는 기자 출신으로, 이 책을 내고자 여러 출판사에 투고했지만 선택을 받지 못했다. 출간 의지가 강했던 그는 고민 끝에 자신이 직접 출판사를 차려 책을 출간했고, 이는 100만 부 판매라는 초대형 베스트셀러 탄생으로 이어졌다.

### 넷째, 이것도 저것도 아무것도 없는 사람들.

굴곡 하나 없이 평범한 인생이고, 그리 유명하지도 않고, 딱히 무언가를 깊이 연구한 전문가도 아니고, 특별한 재주가 있는 것도 아니다? 그런데 책을 써서 대박을 내고 중견 작가로 안정된 삶을 살아가는 사람이 있다?

《꿈꾸는 다락방》을 쓴 이지성 저자가 그 좋은 예다. 그는 평범한 초등학교 교사로, 작가가 되고 싶다는 꿈을 가지고 있었다. 초기에 낸 몇 권의 책은 실패의 고배를 마셨지만 《꿈꾸는 다락방》을 통해 국민 작가가 되었다.

《48분 기적의 독서법》을 쓴 김병완 저자는 특별한 이력이 없는 일반 직장인이었다. 그는 우리 회사에서 두 권의 책을 기획했고, 결국 베스트셀러 작가가 되었다. 《지적 대화를 위한 넓고 얕은 지식》을 쓴 채사장 저자도 마찬가지다.

이들은 전업 작가도 아니고 앞에서 얘기한 첫째, 둘째, 셋째, 그 어

디에도 속하지 않는 평범한 사람이었다. 그저 직업에 충실하며 살아 가던 우리 같은 사람들 말이다. 맞다, 지극히 평범하던 그들이 '베스트셀러 작가'가 된 것이다.

'이것도 저것도 아무것도 없다'는 것은 '생각도 없고 재주도 없고 돈도 없고 좋아하는 것도 없다'는 말과는 좀 다르다. 꼭 무언가 대단한 것을 갖추고 있어야 책을 내는 게 아니라는 뜻에 가깝다. 사실, 위의 책들은 모두 엄청난 판매량을 기록한 베스트셀러라서 좀 실감이 덜할 수도 있는데, 실제로 저자들은 그저 책을 좋아하고 책 읽기를 즐기며 책을 쓰는 것에 대해 주저하지 않았을 뿐이다. 틈이 나면 '무엇을 한번 써볼까'를 고민했고, '오늘은 무엇을 읽을까'를 생각했다.

이들의 공통점은 '독서'다. 오랜 기간에 걸쳐 엄청난 양의 독서를 하고 많은 간접 경험을 쌓고 수많은 저자의 이야기를 접했다. 이는 곧 '독자들이 무엇을 원하는지'를 아는 것으로 이어졌고, 남의 글을 모방하고 재창조하는 능력으로 자신의 글을 만드는 뛰어난 재주를 익히게 되었다. 이는 나의 경험과도 일치하기 때문에 자신 있게 이야기할 수 있다.

또 하나 자신 있게 이야기할 수 있는 건, 네 번째에 해당하는 이들이 1~3번의 사람들보다 훨씬 가능성이 높다는 사실이다. 오늘날 그런 기회가 많아졌고 시장이 열렸기 때문이기도 하지만, 이들은 이미 독자가 무엇을 좋아하는지, 어떤 책을 원하는지 받아들일 마음의 준비가 되어 있다. 첫 번째, 두 번째, 세 번째에 속하는 이들은 이미 많은 것을 알고 있고 가진 게 많기 때문에 할 말이 너무 많다. 결국 본인이 하고 싶은 말을 쏟아내느라 지면이 부족할 것이다.

앞에 해당하는 저자들은 책을 기획하는 중에 가끔 고집을 부릴 때가 있다. 꼭 이렇게 써야 한다, 제목도 내용도 카피도 이렇게 해야 한다고 고집을 부리는 것이다. 그럴 때마다 나는 이야기한다.

"선생님, 선생님이 쓰고 싶은 책을 쓰고 싶으세요, 아니면 독자들이 읽고 싶어 할 책을 쓰고 싶으세요?"

당신은 어떤가? 아무도 읽어주지 않고 나만 만족하는 책? 물론, 그것이 목적이 될 수도 있다. 그런데 이 책의 제목에는 이미 전제가 있다. 바로 '베스트셀러 작가가 되는 것'이다. 어차피 책을 쓰기로 마음먹었는데, 일단 독자들이 공감하는 책, 읽고 싶은 책, 함께 소통할 수 있는 책을 써야 하지 않을까. 가족이나 지인들만(속마음을 숨긴 채) "재밌다!"고 말해주는 책은 조금 격하게 말해 '사망선고를 받은 책'이나 다름없다. 아무도 찾아주지 않아 책꽂이 저 깊숙이 꽂힌 채 지인들만 와서 사는 그런 책 말이다.

네 번째 부류는 아무런 전문성도 없고 이력도 없지만, 어쩌면 그래서 독자와 더 긴밀히 호흡하면서 책을 쓸 수 있다. 이것은 커다란 장점이다. 단, 충분한 독서와 사유의 시간은 필수다. 베스트셀러 작가는 누구나 될 수 있지만, 하루아침에 만들어지는 것은 아니다. 마음이 있는 곳에 뜻이 있고 뜻이 있는 곳에 길이 있다. 내 마음이 '책쓰기'를 향해 있다면, 적어도 책을 쓰기 위한 준비와 공부는 해야 하지 않겠는가. 그 첫 단추는 독서이며, 그 독서의 첫 단추는 이 책이 되면 좋겠다. 이 책을 시작으로 꾸준히 독서를 해나가기를 바란다. 그것이 앞으로 베스트셀러 작가의 대열에 설 당신의 중요한 이력이 될 테니까.

내게 글은 독자와 연결되는 수단이다.
다른 누군가와 소통하지 않는 한
자아를 표현한다는 것은 아무런 의미가 없다.

《행복을 부르는 레시피》의 저자 줄리 코헨

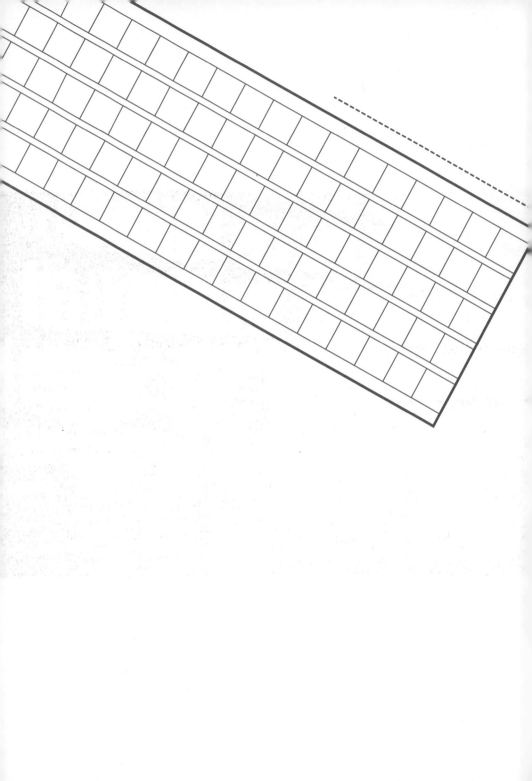

# 베스트셀러의
# 5가지 조건

초대형 베스트셀러가 될 수 있는
5가지 조건을 잘 갖추어야 한다는 것이다.
기본도 갖추지 않은 상품은 소비자들로부터 외면당하게 마련이다.
책도 마찬가지다. 저자조차 자신 있게 내어놓을 수 없는 책을
독자들에게 어떻게 "사보라"고 할 수 있겠는가.
게다가 베스트셀러들을 한 번이라도 분석해봤다면 알겠지만,
잘된 책들은 반드시 그에 합당한 이유가 있다.
그 이유들을 내 책에도 적용시킨다면
지금은 초보 작가일지라도 한 번쯤 기대해볼 수 있지 않을까.

# 책은
# 제목이 팔 할이다

아직 초보 작가인 우리에게 책쓰기란 꽤 복잡하고 어려운 작업일 수 있다. 하지만 언젠가 꼭 유명 작가가 되겠다는 꿈을 가지고 있다면, 이 책은 다른 어디에서도 얻을 수 없는 유용한 팁을 줄 것이다.

어떤 일을 하고자 할 때 그것을 '잘 아는 것'은 매우 중요하다. 나는 때때로 '모르는 것은 결코 내 것이 아니며, 모르는 채로는 언제까지고 내 것이 될 수 없다'고 이야기한다. 모르면 시작할 수 없으며, 시작해도 제대로 마무리할 수 없다. 따라서 책을 내기로 결정했다면 거기에 대해서 일단 잘 알아야 한다. 출판 과정이라든지, 또 저자로서 자신이 갖추어야 할 것 등등…….

이제 우리는 출판의 A부터 Z까지, 차근차근 알아갈 것이다. 그런 의미에서 이번 장에서는 당신이 매우 궁금해할 '베스트셀러의 5가지 조건'을 이야기해보겠다.

우리의 목적은 내 이름을 달고 나오는 책을 만드는 것, 즉 저자가 되는 것이고 그보다 좀 더 나아가 바로 '베스트셀러 작가'가 되는 것이다.

"그게 가능할까요?"

언제나 내 대답은 심플하다.

"당연히, 가능하다!"

하지만 거기에는 조건이 있다. 초대형 베스트셀러가 될 수 있는 5가지 조건을 잘 갖추어야 한다는 것이다. 기본도 갖추지 않은 상품은 소비자들로부터 외면당하게 마련이다. 책도 마찬가지다. 저자조차 자신 있게 내어놓을 수 없는 책을 독자들에게 어떻게 "사보라"고 할 수 있겠는가. 게다가 베스트셀러들을 한 번이라도 분석해봤다면 알겠지만, 잘된 책들은 반드시 그에 합당한 이유가 있다. 그 이유들을 내 책에도 적용시킨다면 지금은 초보 작가일지라도 한 번쯤 기대해볼 수 있지 않을까.

자, 베스트셀러가 되기 위한 요건 중 내가 가장 중요하게 생각하는 것이 바로 '제목'과 '표지'다. 그중에서도 '제목'은 우리가 책을 선택할 때 가장 먼저 접하는 요소다. 책을 구매하려면 가장 먼저 제목과 표지를 살피지 않던가. 오프라인 서점에서든 온라인 서점에서든 우선 베스트셀러 코너로 가거나, 자신이 좋아하는 분야의 매대나 카테고리를 먼저 보게 되는 게 인지상정이다. 거기에서 나의 마음을 끌어당기는 제목을 발견하였다면? 그렇다. 제목에 끌려야 그다음으로 넘어갈 수 있다.

즉, 제목은 그 책의 정체성이자 첫인상이다. 책의 이미지를 결정하고 독자의 마음을 사로잡을 가장 중요한 요소이기에 아무리 강조해도 지나치지 않다. 그리고 베스트셀러의 제목은 '역시 좋다'라고 느끼게 되는데, 그만큼 사람들의 마음을 사로잡는 힘을 가지고 있다. 예를 들어《나는 가상화폐로 3달 만에 3억 벌었다》라는 제목은, 재테크에 관심이 있거나 가상화폐에 관심을 가진 사람의 눈에 바로 들어오는 제목일 것이다.

제목을 정하는 데 정해진 틀이란 없겠지만, 그래도 확실한 건 독자의 궁금증을 유발하고 그 니즈를 건드려야 한다는 사실이다. 제목은 흔히 책의 '첫 번째 문장'이라고도 하니, 그게 얼마나 잘 정해져야 하는지는 충분히 짐작할 수 있을 것이다. 잘 지어진 제목에 타이밍과 표지가 받쳐주고 마케팅으로 기름을 부어주기만 한다면, 그 책이 대박 나는 건 시간문제다.

얼마 전, 나는 한 매체에 소개되었다. 책의 제목을 잘 뽑고 소위 '되는 책'을 기획하기로 유명한 인물로서 한 프로그램에 꽤 길게 소개된 것이다. 부끄럽지만 최선을 다해 촬영에 임했는데, 여기서 잠깐 자랑을 하자면 나는 다른 건 몰라도 제목을 뽑는 재주는 아주 '초큼' 가지고 있는 듯하다. 물론 처음부터 그랬던 것은 아니다. 수많은 책을 보고, 잘된 것과 안 된 것을 분석하고, 또 수없이 제목을 짓는 연습을 하고 책에 어울릴 제목도 달아가면서 터득한 나만의 노하우가 생긴 것이다. 출판사들이 책 제목을 조언해달라고 연락을 해올 정도다.

한 출판사에서 '죽음'과 관련된 책을 준비하고 있다며 카톡으로 도움을 요청해왔다. 나는 한참 고민을 하다가 나름대로 이것저것 써 보았다.

### 나의 고민

우리는 우리의 죽음을 바꿔야 한다
죽음이란 무엇인가
죽음의 이해
왜 지금 죽음을 배워야 하는가?
죽음의 재발견
죽음 끝나지 않는 수수께끼
죽음이 우리에게 건넨 이야기
잘 죽으려면 죽음에 대하여 공부하라

죽음, 인생의 필수 과목
죽음에 관한 열두 가지 철학적 강의
삶과 죽음, 영원의 대화
죽음철학
죽음 백과사전
죽음을 철학하다
죽음에 대한 모든 것
죽음 수업

### 실제로 출판사와 주고받은 내용과 책 이미지

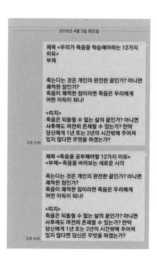

좌. 출판사로부터 연락을 받은 후 내가 고민해서 보낸 제목과 카피들 / 우. 실제 표지 시안

고민 끝에 나는 '우리가 죽음을 학습해야 하는 12가지 이유'라는 제목을 제안했고, 나의 조언에 출판사의 의견이 조금 더 반영되어 책이 세상에 나왔다. 이쯤에서 혹시 "오!" 하고 감탄사가 나오지 않았는가(보통 강연 때에는 그런 반응이 나온다).

한 번은 성형수술과 관련된 책의 제목을 고민하게 되었다. 저자 측에서 책 제목과 관련해 고민이 많다며 메시지를 보내왔고, 출판사 측에서도 성형수술에 관한 책은 처음이라며 제목을 조언해달라고 연락이 왔다. 나도 사실 성형수술 관련서는 처음이라 내심 당황했다. 한참을 생각하고 고민하며 이런저런 키워드들을 써보았다.

### 성형외과 측과 주고받은 메시지

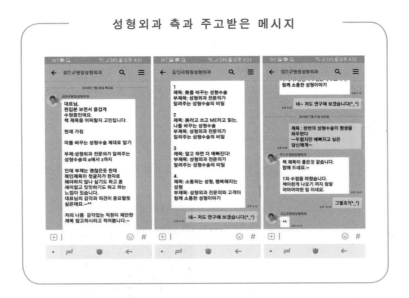

　　그러다가 문득 '내가 이런 종류의 책을 찾는 독자라면?' 하고 독자의 입장에서 생각해보기로 했다. 요즘은 성별을 가리지 않고 누구나 예뻐지고 싶은 마음을 가지고 있다. 하지만 수술 도중에 사고가 생기지는 않을지, 수술 후에 각종 후유증으로 고생하지는 않을지 불안해하는 마음이 든다는 데 생각이 미쳤다. 그래서 어쩌면 처음일 수도, 어쩌면 마지막일 수도 있는 단 한 번의 수술이 얼마나 중요한지를 전달해주는 게 좋겠다 생각했고, 결국 다음과 같은 제목과 부제를 뽑았다.

　　**제목: 한 번의 성형수술 평생을 좌우한다**
　　**부제: 두렵지만 예뻐지고 싶은 당신에게**

　　이 책을 읽을 독자들의 심정을 잘 대변한 제목이라는 게 전반적인 평이었다. 게다가 이 책은 나오자마자 교보문고에서 건강 분야 2위,

국내도서 종합순위 133위에 올라 베스트셀러가 되었다. 저자도 만족했고, 고민하며 제목을 지은 나도 만족스러운 결과였다.

그 외에도 실제로 베스트셀러와는 거리가 먼 제목을 가지고 왔다가 완전히 새롭게 탈바꿈해서 성공을 거둔 사례가 많다. 앞서 말했듯이, 나는 20년 가까이 전 세계를 돌아다니며 외국 책을 우리 시장에 맞게 기획해 출판사에 소개하는 에이전트로 일해왔다. 그러니 이러한 사례가 얼마나 많겠는가. 실제 사례를 좀 더 살펴보자.

### 사례 ❶ 시간이 없기에 거꾸로 모든 게 가능하다

제목만으로는 이 책이 무슨 내용을 담고 있는지 도저히 가늠할 수가 없다. 처음엔 '추리소설인가?' 싶었다. 내용을 예측할 수 없는데다 재미마저 없는 제목은 점수를 주기가 힘들다. 제목을 보면 내용이 한눈에 드러나야 한다. 자, 이렇게 바꾸면 어떨까?

시간의 견적서, 시간의 가계부, **너의 시간을 지배하라**

**부제: 24시간을 자유자재로 활용하는 33가지 사고법**

어떤가? 시간관리를 못해 항상 시간에 쫓기거나 시간을 좀 더 효율적으로 사용하고자 한다면 이 제목이 훨씬 눈에 잘 들어올 것이다. 이처럼 제목은 책의 내용을 명확하게 반영하면서도 호기심을 끄는 것이 중요하다.

### 사례❷ 역사를 읽으면 지혜가 보인다(세계편)

이 제목은 어떤 느낌이 드는가? 어떠한 신선함도, 놀라움도, 기대감도, 흥미도 느껴지지 않는다. 그저 뻔하고 무미건조한 내용일 것만 같다. 내용이 아무리 좋아도 사람들이 읽지 않으면 그것은 휴지 조각이 되어버린다. 이렇게 한번 바꿔보았다.

**60억 명의 마음을 사로잡는 천년의 지혜**

어떤가? '천년'이라는 말속에 매우 오래된 깊은 지혜가 담겨 있을 것 같은가? 역사 속 인류의 지혜를 엿볼 수 있다는 점에서 처음보다 훨씬 나아진 제목이다.

### 사례❸ 죽을 때 후회하지 않을 의사와 그리고 약 선택법

이런 제목의 책, 과연 사고 싶은 생각이 들까? 아마 '1'도 들지 않을 것이다. 설마 이 제목으로 출간이 됐을까, 싶겠지만 놀랍게도 13년 전에 출간되어 예스24에서 딱 두 권이 팔렸다.

'나라면 어떻게 할까?'를 고민하던 중 목차 안에서 50개의 소목차

를 발견했다. 그때 나는 독자의 호기심을 자극하는 50가지를 포인
트로 해서 제목을 만들고, 좀 더 흥미를 끌기 위해 아래와 같은 부
제를 달았다. 훨씬 흥미가 생기지 않았는가?

**병원 가기 전에 반드시 알아야 할 50가지**

**부제: 명의인가 돌팔이인가. 양약인가 독약인가. 당신은 어떻게 구별할**
**것인가?**

제목을 지을 때 일방통행은 금지다. 책은 독자들과 저자가 소통하
는 창구이므로, 저자는 독자의 입장에 서서 그들이 어떤 것을 필요
로 하는지, 무엇을 원하는지를 잘 체크해야 한다.

제목을 어떻게 지어야 하냐는 질문에 나는 이렇게 대답한다.

"길이는 신경 쓰지 말고 알기 쉽게!"

예전에는 제목은 무조건 짧게 지어야 한다고 생각했는데 요즘은
아니다. 다음의 책을 보자.

**예시 ①**

성공과 실패를 결정하는
1%의 네트워크 원리
(19자)

만약 책을 보지 않고 글자 수만 보았다면 분명 "우와, 제목이 왜 이렇게 길어!"하겠지만, 바로 옆에 있는 표지를 보면 전혀 이상하지가 않다. 사실, 우리나라 출판계에서 선호하는 제목의 길이는 10자 미만이다. 길어봐야 13자 미만으로 결정한다. 당신이 잘 아는《미움받을 용기》,《이기는 습관》,《메모의 기술》,《자존감 수업》,《언어의 온도》등 5~6자가 가장 많다. 거기에 비하면 이 제목은 19자이니 훨씬 많다. 그럼에도 표지가 요란해 보이지 않는 것은 디자인 덕분이겠다.

그렇다면, 이건 어떨까?

예시 ②

27년 동안
영어 공부에 실패했던
39세 김과장은
어떻게 3개월 만에
영어 천재가 됐을까
(37자)

제목 글자 수를 한번 세어보자. 하나, 둘, 셋, 넷, 다섯, 여섯, 일곱…… 헥헥. 숨이 차지 않는가? 이 책은 지금도 베스트셀러로 잘 팔리고 있는데, 고정관념의 틀을 깬 제목이라고 할 수 있다. 무려 37자나 되니 말이다. 너무 긴 제목은 분명 좋다고 할 수는 없겠지만, 내용을 명확하게 담고 있고 트렌드를 잘 반영한다면 시도해보는 것도 나쁘지 않다.

제목은 빛의 섬광과도 같다. 순식간에 독자의 시선을 사로잡고 강렬한 인상을 남긴다. 그러므로 제목을 지을 때는 우선, 제목에 필요한 요소를 전부 적어 넣은 다음 '버리는' 작업을 해보자. 앞에서 내가 《한 번의 성형수술 평생을 좌우한다》라는 책의 제목을 지을 때 했던 것처럼 A4 한 장을 펼쳐놓고 거기에 당신이 생각하는 것들을 채워보는 것이다. 그런 다음 고민을 거듭해가면서 별로라고 생각되는 걸 지워나가면 된다. 금방 좀 더 괜찮은 제목이 만들어질 것이다.

내가 직접 의뢰받지 않은 책들 중 처음 제목에서 변경하여 잘된 경우를 많이 보았는데 여기 몇 개의 예시를 들어볼까 한다.

사
례
① **내 인생을 빛내줄 보물지도**
→ **내 편이 아니라도 적을 만들지 마라**

워낙 많이 팔린 책이라 제목이 익숙하겠지만, 원제가 저것이었다는 사실을 아는 사람은 많지 않다. 바뀐 제목이 훨씬 나으며 베스트셀

러의 느낌이 물씬 난다. 오래 고민을 하다 보면 번뜩이는 아이디어가 나오게 마련이다. 이 책의 경우《내 인생을 빛내줄 보물지도》일 때는 초판도 다 팔지 못했는데 제목과 표지를 바꾼 후 종합 베스트셀러 5위까지 올라 50쇄 넘게 찍었다. 그뿐만 아니라 진중문고(국방부 추천도서)에 선정되어 단번에 12,000부가 납품되기도 했다.

### 칭찬의 힘

→ 칭찬은 고래도 춤추게 한다

《칭찬의 힘》이라는 책을 기억하는 사람은 한 명도 없다. 표지도 찾을 수 없다. 하지만 이 책은 워낙 유명해서 모르는 사람이 없을 정도다. 칭찬이 좋은 걸 모르는 사람이 누가 있나. 그런데 내용에서 키워드를 발췌해 '고래'라는 덜 추상적인 것을 갖다 붙이니 참으로 그럴듯한 제목이 되었다. 100퍼센트 이상 호감을 유발하는 제목이다. 게다가 200만 부 이상 판매된 초대형 베스트셀러다. 사람으로 치면 운명이 바뀐 셈이다.

그 외에 내가 보았을 때 참 잘 정했다고 생각하는 제목들이 있는데 다음과 같다.

─────── **제목을 잘 정한 책들** ───────

### 《죽고 싶지만 떡볶이는 먹고 싶어》

나오자마자 종합 1위를 2개월 동안 유지한 책이다. 원래 독립출판으로 나왔던 책인데 모 출판사 편집장이 읽고 다시 정식으로 출판해 크게 터졌다. 삶에 지쳐 때때로 극단적인 생각을 하는 사람들의 심정과, 그럼에도 여전히 삶 속에서 소망과 욕구를 채워나가며 하루하루를 살아가는 사람들의 마음을 재미있게 반영하고 있다. 위트 넘치는 제목이다.

### 《왜 유독 그 가게만 잘될까》

참 좋은 제목이다. 아니나 다를까, 세상으로 나오자마자 독자들의 눈길을 끌어 곧바로 분야 베스트셀러 1위에 올랐다. 예쁜 표지로 많은 사랑을 받은 책이다.

### 《무례한 사람에게 웃으며 대처하는 법》

막상 책을 열어 목차를 보면 제목과는 전혀 다른 느낌이다. 둘째 딸은 왜 항상 연애에 실패할까, 비싼 가방을 사도 행복은 딸려오지 않는다 등 자기계발서라기보다는 에세이 느낌이 물씬 나는 목차들로 가득하다. 내용 또한 그림과 함께 자신의 경험과 다짐을 조곤조곤 풀어놓고 있다. 그러나 무례한 사람들로부터 상처받기 일쑤인 현대인들의 마음을 잘 건드리는 제목이라서 한눈에 들어온다.

**《내 옆에는 왜 이상한 사람이 많을까?》**

제목을 보니 너무 좋아서 독서토론에 부쳤다. 읽다가 50페이지에서 덮어버렸다. 토론에 참여하기 위해 책을 읽은 다른 직원들도 읽다가 덮어버렸다며 웃음을 감추지 못했다. 이 책은 100퍼센트 독자를 속였지만, 그럼에도 30쇄가 넘게 나갔다고 한다. 제목의 힘이 돋보이는 순간이다.

제목을 잘 짓는 저자가 되고 싶다면, 평소 책을 많이 읽어야 한다. 책을 읽으면서 좋은 문구가 나올 때마다 메모를 해두면 좋다. 갑작스럽게 제목을 만드는 것은 전문가가 아니고선 결코 쉬운 일이 아니다. 평소에 갈고닦은 실력은 결정적인 순간에 빛을 발할 것이다.

## 대박 제목을 만드는
## 6가지 법칙

베스트셀러의 조건에서 제목은 매우 중요하기 때문에 아무리 강조해도 지나치지 않다. 그래서 나는 몇 장에 걸쳐 당신이 충분히 '좋은 제목'에 대해 이해하고, 궁극적으로 스스로 제목을 잘 뽑아낼 수 있도록 도와주려고 한다. 제임쓰양을 성실하게 따라와주길!

이번 장에서는 대박 제목을 만드는 6가지 법칙을 알아보겠다. 이 6가지는 지난 20년 동안의 내 경험과 수많은 자료를 바탕으로 요약 정리한 귀한 정보이다. 이 보물의 가치를 알아주면 좋겠다.

대박 제목을 만드는 방법은, 역시나 열심히 이 정보를 당신의 것으로 만드는 데 있다. 이 6가지만 잘 기억하고 따라 해보고 연습한다면, 당신도 어느새 청출어람, '베스트셀러 제목 제조기'로 거듭날지 모른다. 자, 첫 번째 법칙부터 보자.

법칙 1. 독자에게 무엇이 이익인지 확실하게 알려주어야 한다.

사람이라면 누구나 자신에게 이익이 되는 것을 추구한다. 따라서 책 제목을 통해 독자에게 이익이 되는 내용이 담겨 있음을 알려주어야 한다. 예를 들면 《나는 가상화폐로 3달 만에 3억 벌었다》,《나는 돈이 없어도 경매한다》,《지금 중국 주식 천만원이면 10년 후 강남 아파트를 산다》등이 이에 해당한다.

이 중 《나는 가상화폐로 3달 만에 3억 벌었다》는 제목과 타이밍이 기가 막히게 들어맞았고, 나도 저렇게 하면 많은 돈을 벌어 이익을 얻을 수 있지 않을까 하는 생각이 들게 한다. 《지금 중국 주식 천만원이면 10년 후 강남 아파트를 산다》를 읽은 후 실제로 이 부분에 전혀 관심조차 두지 않았던 사람이 중국 주식에 투자한 사례도 있다. 바로 내 이야기다. 나는 지금껏 사업을 해오면서 한 번도 주식에 손을 대지 않았는데, 이 책을 읽고 완전히 설득당했다. 일단 제목에서 '내 자산'과 직접적인 연관성을 느꼈으니 손이 안 갈 수 없었고, 정독을 한 후에는 결국 주식을 샀다.

법칙 2. '지금이 기회'임을 강조하고 '중요한 일'임을 인식시켜야 한다.

즉, 이는 '시간제한' '수량제한'으로 마음을 흔들라는 뜻이다. 사람들은 긴급성에 매우 약하다. '기회는 지금뿐이야!'라고 판단하면 그 기회를 잡으려고 애쓰게 되어 있다. 백화점이나 홈쇼핑에서 '오늘만 특가', '이번이 마지막 기회'라는 문구를 자주 사용한다. 왠지 지금 당장 사지 않으면 손해를 볼 것 같은 느낌이 들게 하는 것이다. 정말 좋은 마케팅전략 아닌가.

그렇다면 어떤 제목이 사람의 심리를 뒤흔들까? 아래의 제목을 보자.

대한민국 20대, 재태크에 미쳐라

서른 살엔 미처 몰랐던 것들

20대에 하지 않으면 안될 50가지

아마 익숙한 제목들일 것이다. 《대한민국 20대, 재테크에 미쳐라》는 《아침형 인간》으로 100만 부를 팔면서 자기계발서 돌풍을 일으킨 한 출판사에서, 한동안 베스트셀러를 내지 못해 고전하다가 다시 대박을 터뜨려 화제가 되었던 책이다. 《20대에 하지 않으면 안될 50가지》도 30만 부 이상 팔리면서 실제로 20대들에게 매우 인기를 끌었던 책이다. 왠지 이 책에 있는 것들을 20대가 가기 전에 꼭 해봐야 할 것 같지 않은가?

법칙 3. 내용이 궁금해서 참을 수 없게 만들거나 '왜?'라는 의문이 들게 해야 한다.

이는 곧 독자의 호기심을 자극하고 기대감을 주는 제목 혹은 내용과 동떨어진 제목을 담으라는 의미다. 하지 말라고 하면 더 하고 싶어 하고, 보지 말라고 하면 더 보고 싶어 하는 게 인간의 본능 아니던가. 책 역시 마찬가지다. 만약 지금 당신 앞에 '나는 매월 10만 원으로 100만 원 번다'라는 제목의 책이 놓여 있으면 내용이 궁금하지 않을까? 독자들의 이러한 심리를 이용한 제목들이 꽤 있다.

《영어공부 절대로 하지 마라!》는 엄청나게 히트를 했는데, 역설적인 제목으로 오히려 영어 공부를 하고 싶은 마음에 불을 지폈다. 《미국을 발칵 뒤집은 판결 31》은 역사적인 미국 연방대법원 사건들과 숨은 이야기인데, 우리나라에서 절대 먹히지 않을 것이라 예상했지만 제목에서 호기심을 끌어 베스트셀러가 되었다. 《미쳐야 미친다》는 저자의 인지도도 영향을 미쳤지만 역설적인 제목 또한 큰 몫을

했다고 평가받는다.

법칙 4. '설마, 그게 가능해?' 하는 흥미를 유발시켜야 한다.

제목을 통해 말도 안 된다고 생각할 정도로 놀랄 만한 거짓말을 한번 해보자. 거짓말도 그럴싸하게 하면 독자들이 믿는다. 또한 꼭 믿어서라기보다는 '정말 그게 가능할까?' 하는 호기심에서라도 한 번 펼쳐보게 되어 있다.

그 좋은 예로 다음과 같은 책들이 있다. 《공부가 가장 쉬웠어요》. 제목만으로 짜증스럽지만 일단 호기심이 발동한다. '이 사람 대체 누구야?' 하는 생각도 든다. 그래서 대한민국 국민이라면 한 번쯤 제 목을 들어봤을 정도로 유명한 베스트셀러가 되었다. 《합법적으로 세금 안 내는 110가지 방법》역시 제목이 고객의 니즈를 건드린다. 2000년대 초반에 출간되어 돌풍을 일으켰던 이 책은, 17년이 지난 지금도 잘 팔리고 있다. 사람들이 어지간히 세금을 안 내고 싶은가

보다 할 정도인데, 지금은 사업하는 이들의 필독서처럼 인식되고 있다. 《한 덩이 고기도 루이비통처럼 팔아라》. 참 매력적인 제목이다. 이 책의 가제는 '하이엔드로 돌파하라'였는데, 제목을 바꿔 베스트셀러가 된 셈이다.

법칙 5. 왜 읽어야 하는가? 읽어야 하는 이유를 확실하게 알려야 한다.

제목을 통해 명쾌한 이유로 독자를 설득해서 행동으로 연결시켜야 한다. 읽지 않으면 안 될 것 같은 기분이 들게 만드는 것이 핵심이다. 예를 들어 《정의란 무엇인가》의 경우, 사회적 부조리가 만연하던 때 출간되었다. 책이 나오자마자 독자들의 이목이 집중됐고, 국내 지식인들은 대부분 이 책을 붙들고 읽어나갔다. 훗날 어떤 사람은 "책이 참 좋더라구요. 잠이 참 잘 오더라구요" 하고 말하기도 했다. 내용을 끝까지 읽은 사람이 별로 없고 출판사 편집자들조차 어려워

혀를 내둘렀다고 할 만큼 굉장히 어렵고 무거운 책임에도 많이 팔렸던 이유는, '왜 읽어야 하는지' 그 이유를 독자들에게 명확하게 인식시켜주었기 때문이다. 이것이 제목의 힘이다. 이처럼 읽기의 당위성을 부여해주는 제목에는 다음과 같은 책들이 있다.

《어떻게 살 것인가》,《정의란 무엇인가》,《초등학생이 알아야 할 과학 100가지》등등······.

법칙 6. 독자의 마음을 위로하고 대변해주는 표현을 한다.

이 항목은 요즘 트렌드를 잘 말해준다. 결국 독자가 공감하는 말, 듣고 싶어 하는 단어를 찾아 그것을 제목으로 만들라는 뜻이다. 평소 담아두었던 속마음을 누군가 대신해서 끄집어내주기를 원하거나 책을 통해 위로를 받고 싶을 때, 대리만족을 주어야 한다.

《나는 나로 살기로 했다》,《너는 나에게 상처를 줄 수 없다》,《혼자 잘해주고 상처받지 마라》,《현명한 이기주의》,《당신도 내 맘 좀 알아주면 좋겠어》,《죽고 싶지만 떡볶이는 먹고 싶어》등이 요즘 유행하는 것도 이런 추세에 따른 것이겠다. 특히《혼자 잘해주고 상처받지 마라》는 표지까지 바꿔 특별판으로 나왔을 만큼 독자들에게 잘 어필되었다. 제목에서 이미 이런 주제로 상처를 받았던 독자들의 마음을 잘 어루만져준다.《죽고 싶지만 떡볶이는 먹고 싶어》는 특별한 이력이 없는 저자가 자신의 경험담을 솔직하게 써내어 인기를 끌었는데, 제목에서 여러 생각이 들게 한다. 한 번쯤 이런 생각을 했을 법한 독자들의 마음을 위로해주고 대변해주는 것, 그것이 중요하다.

이상의 6가지 법칙만으로도 당신은 자신의 책 제목을 뽑아낼 생각에 가슴이 두근거릴지도 모른다. 책을 쓰는 과정에서, 수정하는 과정에서, 또다시 읽어보는 그 모든 과정에서 메모를 해가며 좋은 제목을 뽑기 위해 노력해야 한다. 더불어 제목을 지을 때 가급적 피해야 하는 금기 사항 두 가지가 있다.

첫째, 부정적인 문장이나 단어를 사용하지 않는다.

때때로 그런 위협적인 문장이 적당한 충격요법이 되어 반등을 일으킬 때도 있지만, 사람들은 가급적 긍정적인 메시지를 얻기를 원한다. 제목을 통해 '이 책에서 내가 어떤 희망과 용기, 위로와 공감을 얻겠구나' 하는 생각이 들게 해줘야 한다. 단, 역설적 의미에서의 부정적 표현은 제외다. 《영어공부 절대로 하지 마라!》처럼 말이다.

둘째, 어려운 외래어를 사용하지 않는다.

독자들의 수준이 낮아서가 아니라, '생소한 것'과 '어려운 것'에는 자연스럽게 거부감이 들게 되어 있기 때문이다. 단, 중학생이 알 정도의 수준이거나 자주 쓰이는 외래어, 지속적으로 노출된 것이라면 괜찮다. 예를 들어 《사피엔스》 같은 경우, 이미 외국에서 베스트셀러였고 페이스북의 창시자 마크 저커버그가 필독서라며 찬사를 던졌고, 한국 언론매체들이 엄청나게 노출을 많이 했기 때문에 굳이 제목을 바꿀 필요가 없었다.

물론 아예 처음부터 전략 상품으로 선정해서 작정하고 광고비를 쏟아붓기도 하는데, 이 경우에도 외래어를 제목으로 사용해도 무방하다. 《넛지》가 그렇다. 그러나 이런 경우가 아니라면 절대로 외래어를 사용하면 안 된다.

우리 회사에서 기획한 책 《어떻게 부자가 될 것인가》도 처음엔 이 제목이 아니었다. 출판사와 머리를 맞대고 의논을 하는데, 편집자가 'Re:boot'라고 제목을 지으면 어떻겠느냐 이야기했고, 나는 극구 반대했다. 이 말의 뜻을 한번에 이해하기도 어려울뿐더러 나의 흥미를 끌지도 못했기 때문이다. 결국 내 의견을 수렴하여 《어떻게 부

자가 될 것인가》로 출간되었고, 베스트셀러가 되었다. 나는 사실, 이

제목 앞에 '잔인한 자본주의'라는 부제를 넣고 싶었는데 출판사의

반대로 무산되었다. 아직도 그게 살짝 아쉬움으로 남는다.

## 제목 만들기
## 실전 연습

　배운 것을 확실히 내 것으로 만들려면 직접 연습해보는 것이 가장 좋다. 이번 장에서는 제목 만들기에 대한 실전 연습을 해보자. 직접 제목을 만들어보는 것이다. 처음엔 조금 어렵더라도 자꾸 하다 보면 재밌어질 것이다. 기존의 제목을 보면서 '나라면 어떻게 바꿀까' 하고 생각해본 후 자신이 만든 제목을 적어보자.

　앞서 말한 6가지 법칙과 2가지 금기 사항을 준수한다면 당신도 충분히 좋은 제목을 만들 수 있다. 더불어, 나는 어떻게 제목을 달았는지 나만의 제목안을 뒤에 같이 붙여둘 테니 비교해보는 것도 도움될 것이다.

　다음의 목차와 발췌를 읽고 독자의 눈을 한번에 사로잡을 제목을 만들어보자.

**《다시, 혼자》: 철저히 혼자가 되어 삶의 본질을 되돌아보는 책**

→ 내가 만든 제목

**목차**

## 1. 얼마가 있어야 여생을 보낼 수 있나요?

2백만 원과 2천만 원의 차이 | 사지 않기, 버리기, 미련 갖지 않기부터 시작하자 | 자신을 위해 삶의 계산서를 작성하자 | 만약 일을 하지 않는다면?

## 2. 얼마나 깊은 감정이라야 안심할 수 있나요?

재테크에 관하여 | 우리는 영원히 함께할 수 있을까? | 내려놓아라, 그래야 즐거워진다 | 부모님께 사랑한다 말하기

## 3. 얼마나 좋은 친구라야 외롭지 않을 수 있나요?

연습, 한 사람 | 영원히 연애 감정을 유지하기 | 우정은 양보다 질 | 옛 사귐을 소중히 하라 | 솔직한 친구는 부담이 없다 | 친구보다 더 중요한 일 | 여행을 떠나자!

**본문발췌**

영원은 상상일 뿐

친구 아치는 친척에게서 강아지 한 마리를 데려왔다. 이름은 '판판'이었다. 이름의 유래는 아치를 보는 개의 눈동자에 주인이 집에 돌아오기를 바라는 기대가 충만해 있었기 때문이다.

아치는 처음부터 이 품종의 개는 평균 수명이 12~15년인 것을 알고 있었고, 함께하는 시간을 매우 소중히 여겼다. 판판을 데려온 해

그는 대학을 막 졸업하고, 이 개를 데리고 남부에서 북쪽으로 가서 일을 했다. 시간은 빠르게 흘렀다. 그 사이에 아치는 직업을 세 번, 여자 친구를 다섯 번 바꿨다. 35세가 된 그는 생일파티가 끝나고 노래방에 들렀다 집에 갔을 때, 갑자기 강아지 판판이 이미 늙은 개가 되었다는 것을 깨달았다. 문을 열었을 때 개는 여전히 꼬리를 흔들며 짖었다. 하지만 흔드는 꼬리에는 힘이 없었고, 짖는 것도 낮은 소리가 끊어졌다 이어졌다 했다.

몇 달 뒤 판판이 세상을 떠날 때 아치는 마침 외지에 출장을 나가 있었다. 집주인에게서 급히 연락을 받고 얼른 의사에게 보였지만, 시간을 되돌릴 수는 없었다. 아치는 판판의 몸을 끌어안고 계속 떨면서 소리 없이 통곡했다. 이는 그의 인생 중 처음으로 겪는 죽음으로 인한 이별이었다. 그 아픔은 그에게 큰 깨달음을 주었다. '원래 우리는 영원히 함께할 수 없었구나.' 그리고 이 깨달음은 다섯 명이 넘는 그의 전 여자 친구들에 대해서도 상심과 반성을 주었다. 이유는 매우 심오하지만 간단하다.

서로 사랑할 때 '우리는 영원히 함께할 수 있을 거야'라는 신념이 강할수록, 헤어질 때 '영원'의 끝에서 서로 등을 돌리는 그 순간, 가슴속은 더욱 괴롭다.

우리는 남들에게 버림받을 수도 있다. 하지만 반려동물은 우리에게 상대적으로 충성스럽다. 아치와 여자 친구는 교제할 때는 한시적으로나마 '우리는 영원히 함께할 거야'라고 여겼다. 함께할 때 따르는 마찰, 싸움의 횟수가 늘수록 '우리는 영원히 함께할 거야'라는 믿음은 점점 흔들려서 '우리는 어쩌면 영원히 함께할 수는 없을 거야'가 된다. 마침내 헤어질 때는 잔혹한 사실을 받아들인다. '우리는 영원히 함께하진 못할 거야.'

'우리는 영원히 함께할 수 있을 거야'에서 '우리는 어쩌면 영원히 함께할 수는 없을 거야', 마지막에는 '우리는 영원히 함께하진 못할 거야'를 발견하는 것. 흔히 말하는 '무상함'이 현실화되는 것은, 변화의 과정 속에서 시간의 길이 및 받아들임과 순응하는 난이도 때문이다. 이에 따라 인생에 대한 인지의 정도, 깨달음의 정도가 결정된다.


아무리 깊이 사랑해도 마지막엔 반드시 이별을 대면해야 한다

내가 남녀관계를 주제로 쓴 산문 속에서, 두 사람이 아무리 사랑해도 언젠가는 헤어지는 날이 있다고 쓴 적이 한두 번이 아니다. 서로 사랑하는 사람들이 같은 날 같은 시에 태어난 것은 아닐뿐더러 같은 날 같은 시에 죽을 리도 없다(천재지변이 아니고서야). 언젠가는 차례대로 떠나게 되어 있다.

한 사람을 제대로 사랑하겠다고 결심하고, 심지어 '네가 없으면 난 죽을 거야!'라는 지경에 이르렀다면, 이는 매우 끔찍한 것으로 꼭 좋은 일이라고는 할 수 없다. 당신이 인생의 기쁨과 슬픔, 만남과 이별을 천천히 경험해본 뒤라야 사랑의 진정한 이치를 깨닫게 될 것이다. 젊을 때는 싸워서 헤어졌기 때문에 여전히 유감이 남았다.

늙고 쇠약해졌을 때 죽음으로 인해 이별한다면, 마찬가지로 슬픈 상처가 남는다. 많은 사람이 깊은 사랑을 했기에 괴롭다고 생각하지만, 사실 그 생각은 반만 맞았다. 사랑이 깊더라도 상대방을 위해주고 축복해준다면 괴로움을 감당할 가치가 있다.

사실, 진정한 고통이란 '우리는 영원히 함께할 거야'라는 집념을 버리지 못하고, 불만에 차서 괴롭게 곱씹는 데서 나온다.

'네가 어떻게 나한테 이럴 수 있어, 날 혼자 남겨두고⋯⋯.'

당신의 곁에 있는 사랑하는 대상들을 생각해보라. 언젠가는 당신과 헤어져 떠날 것이다. 그러니 바로 감사해야 '못 보낸다'에서 '보낼 수 있다'를 배울 수 있다.

혼자 남았을 때까지 사랑했다면, 후회할 것도 없기 때문에 더욱 온화해질 수 있다. 자신이 축복받았다는 확신을 가지고 여생을 보낼 수 있다.

우리는 영원히 함께할 수 있을까?

이 문장의 물음표 뒤에는 여운이 맴돌며 우리에게 인생의 깨달음을 준다. '우리가 반드시 영원히 함께하진 않을 거야', 하지만 '나 혼자서도 잘 살아갈 수 있어', 그래야만 '영원'의 진정한 의의를 알게 된다. 당신을 떠난 사람들은 미련 없이 보내주자. 서로 진심에서 우러나온 축복을 해줄 때, 행복을 남길 수 있다.

(미출간 도서)

**《비위가 건강하면 병이 없다》**

**: 건강의 첫 번째 열쇠인 비위를 관리하는 법**

→ 내가 만든 제목

목차

서문 《황제내경(黃帝內經)》, 비위에 생긴 문제를 조기에 발견하라

**제1장 비위는 후천의 기본, 비위가 건강하면 병이 침투하기 어렵다**

여기서의 비위는 '비장, 위'가 아니다 | 비장은 너무 바쁘다. 음식물을 '가공'하고, 수액을 '운반'하는 일을 모두 비장이 한다 | 비장은 인체의 혈액 창고다. 비장의 혈색이 좋으면 상태가 좋은 것이다 | 비장이 튼튼한 사람은 근육에 힘이 있고 몸이 건장하다

**제2장 이런 일들은 당신의 비위를 약하게 만든다**

아침을 거르는 사람은 위궤양에 걸리기 쉽다 | 늘 포식하는 사람은 비만과 '3고'가 늘 따라다닌다 | 편식하는 사람은 비위가 약하다 | 잔뜩 먹고 곧바로 잠자리에 드는 것은 병을 기다리는 행위와 같다 | 날 음식, 찬 음식, 딱딱한 음식이 위가 가장 두려워하는 음식이다 | 함부로 약을 먹으면 먼저 비위가 상하고, 이어 간과 신장도 상한다

**제3장 여러 가지 비위 문제 중 당신은 어느 쪽인가**

안색이 누렇고 마른 사람은 대부분 기가 허하니, 기와 비를 보하는 익기건비(益氣健脾)가 필요하다 | 뱃속이 묵직하고 더부룩하다면 중기하함(中氣下陷)이니, 익기승양(益氣昇陽)이 필요하다 | 위에 둔통이 있는데 문질러 나아진다면 위기허(胃氣虛)이니, 익기양위(益氣養胃)가 필요하다 | 위에 둔통이 있고 조금만 먹어도 더부룩

하다면 위음허(胃陰虛)이니, 양위음(養胃陰)으로 허열(虛熱)을 없애야 한다 | 입이 마르고 쓰며 생것과 찬 것이 당긴다면 위열증(胃熱證)이니, 위와 장의 열을 꺼주어야 한다

### 제4장 자연의 시계에 맞춰 양생하라. 비위에 활력이 충만해진다

봄은 따뜻해지나 싶다가도 금세 다시 추워지니, 비위도 잘 보호해야 한다 | 동병하치(冬病夏治)는 비위허한(脾胃虛寒)한 사람의 경우 시기가 중요하다 | 가을은 건조한 계절이니, 신 음식을 섭취해 위와 장을 편하게 해주는 것이 좋다 | 겨울철 보양은 지나치면 비위에 부담을 주므로 적당해야 한다

### 제5장 비위에 맞는 음식을 먹으면 편안해진다

오색은 오장에 각각 작용하는 바가 있다. 비위는 황색 음식을 좋아한다 | 좁쌀은 위가 안 좋고 불면증이 있는 사람에게 최적의 음식이다 | 위한복사(胃寒腹瀉)한 사람은 찹쌀을 많이 먹는 것이 좋다 | 소화가 잘 안 되는 사람은 보리차를 수시로 마시면 좋다 | 여름철에 율무쌀을 자주 먹으면 몸이 무겁고 피로한 증상이 사라진다 | 비위허한(脾胃虛寒)하고 추위를 타는 사람은 양고기를 많이 먹으면 좋다 | 붉은 대추는 천연비타민C 영양제다

### 제6장 가장 간단한 한약(중국 의약)으로 비위를 양생하라

진피(귤껍질) 우린 물을 마시면 입맛이 살아난다 | 생강을 적당량 먹으면 찬 기운이 든 위가 따뜻해진다 | 고기를 많이 먹어 소화가 안 된다면 산사(山楂) 열매가 도움 된다 | 쌀과 밀가루 음식에 체한 데는 신곡(神曲)이 명약이다 | 어린이 체한 데는 계내금(鷄內金)이 최고다 | 위에 기가 부족하면 쉬이 피로해지는데, 감초가 도움

된다 | 축사밀(사인(砂仁)) 비장을 따뜻하게 하고 설사를 멈추게 하여 수한복사(受寒腹瀉)에 좋다 | 습곤비위(濕困脾胃)에 식욕이 없을 때, 강낭콩이 효과가 있다

## 제7장 경락은 비위 건강의 리모컨이다

비장이 안 좋으면 비경(脾經)이 가장 먼저 반응한다 | 위경(胃經)을 잘 양생하면 병이 없고 몸이 가볍다 | 복부팽만, 식욕부진에는 태백혈(太白穴)을 찾아라 | 비(脾)가 허하고 월경이 고르지 않을 때 삼음교혈(三陰交穴)을 누르면 곧 좋아진다 | 길고 무더운 여름, 음릉천혈(陰陵泉穴)을 자극해주면 시원하고 상쾌해진다 | 위통이나 신물 넘어오는 증상에는 공손혈(公孫穴)이 있다 | 수시로 천추혈(天樞穴)을 눌러주면 변비로부터 해방될 수 있다

## 제8장 사람들은 저마다 비위 양생의 작은 비법들을 가지고 있다

3가지 작은 동작으로 비위 기능을 배로 좋아지게 할 수 있다 | 매일 산보하는 사람은 소화 문제가 없다 | 틈나는 대로 천천히 뛰기를 하면 약방에 갈 일이 없다 | 발가락을 꼼지락거리는 것만으로도 앉아서 비위를 양생할 수 있다 | 이를 딱딱 부딪히고 침을 삼켜라. 천년을 이어 전해오는 건비강신(健脾强腎)의 비법이다

## 제9장 3분 치료와 7분 양생으로 비위 질병을 철저히 해결하라

입맛이 없으면 약을 먹기보다는 마음을 편안히 하는 것이 좋다 | 자주 위산이 역류하는 사람은 아침식사를 중시하라 | 복부팽만, 식체, 비허(脾虛), 습열을 분명히 구분하라 | 4가지 설사, 증세에 맞게 조리해야 효과를 볼 수 있다 | 소화가 안 될 때, 인체의 '건위(健胃)소화제'를 발동하라

"식사하셨어요?" 사람들이 가장 자주 하는 인사말이다. 그리고 먹는 것이 얼마나 중요한지 방증하는 말이기도 하다. 사람의 하루하루의 생명활동은 많은 에너지를 필요로 하며, 이 에너지는 '먹어서' 얻는다. 그리고 몸속으로 들어온 음식물은 반드시 비위(脾胃)를 거쳐야만 기와 혈과 에너지로 전환된다.

비위는 인체의 중요한 내장기관(오장육부)으로, 인체의 건강을 유지하고 촉진하는 데 매우 중요한 의미를 가진다. 오장(五臟)에 속한 비(脾)와 육부(六腑)에 속한 위(胃)는 서로 떼려야 뗄 수 없는 아주 긴밀한 짝이다. 중의학에서는 비위를 후천의 근본이며 기혈생화(氣血生化)의 원천이라고 본다. 《황제내경》에 "비위는 곡식창고를 담당하는 기관으로 다섯 가지 맛을 느끼게 한다(脾胃者, 倉廩之官, 五味出焉)"고 기록되어 있다. 음식물은 위를 거쳐 잘게 부숴지고 소화되며, 비장이 영양물질을 기혈로 바꾸어 전신에 운반함으로써 생명활동에 동력을 제공한다. 비위가 사람의 에너지원을 책임지고 있다고 말할 수 있으며, 비위가 건강하면 에너지도 충만하고 오장육부의 기능도 왕성해져서 신체가 건강을 유지할 수 있게 되는 것이다.

비위는 또한 인체의 기세의 오르내림과 운행의 중추이기도 하다. 비위가 협조하여 생명체의 신진대사를 촉진하고 조절함으로써 생명활동의 조화와 균형을 도모한다.

비위가 이토록 중요한데도 현대인들은 일상생활 속에서 비위 건강에 너무 무신경하다. 날것의 차고 식은 음식을 지나치게 많이 먹거나 일이 바쁘다는 핑계로 끼니를 거르고 때로는 몰아서 과식한다. 또 접대를 핑계로 과음하거나 다이어트를 한답시고 지나치게 굶는 등 폭음과 폭식에 운동은 거의 하지 않는다. 이 모든 것이 비위를 상하게 하는 행동들이다. 비위에 일단 문제가 생기면 식욕, 수면, 정서 상에 문제가 생길 뿐만 아니라 장기화되면 각종 위장병과 전신성 질병을 유발할 수 있다. 이 때문에 이동원(李東垣)이《비위론(脾胃論)》에서 "백 가지 질병은 비위가 쇠해서 생긴다"고 말한 것이다.

(미출간 도서)

**예시③**

《마음에 착 달라붙는 말》
: 아리스토텔레스가 알려주는 관계 속의 대화 기술

→ 내가 만든 제목 _____

목차

들어가며. 한눈에 알아보는 아리스토텔레스의 『변론술』
**1장. 아리스토텔레스의 『변론술』, 무적의 화법에 대하여**
2,500년 전에도 '말발'에 대해 고민했다고? | 아리스토텔레스 한눈에 살펴보기 | 여전히 가치 있는 '이성적 변론술' | 아리스토텔레스의 변론술을 배워야 하는 4가지 이유

## 2장. 언제, 어디에서나 통하는 궁극의 설득법

어떤 주제로도, 누구와 상대해도 설득할 수 있다 | 무조건 옳은 말이 이길까? | 말하는 '나'를 훌륭한 사람처럼 보여라 | 듣는 사람의 기분에 신경 써라 | 진정으로 '논리적인 말하기'란?

## 3장. 방법 ①: 말하는 내용으로 승부 보기

설득추론 '○○이기 때문에 ××이다.' | 뼈대는 최대한 단순하게! 근거는 '개별적'이고 '구체적'으로 | '토포스', 설득을 위한 필승의 이야기 패턴 ① 정의의 토포스: 사전에 정의를 주입하라 ② 반대의 토포스: 반대의 성질을 활용하라 ③ 상관의 토포스: 여기에 해당되면 저기에도 해당된다 ④ 기결의 토포스: 과거의 판단을 활용하라 ⑤ 비교의 토포스: 참고대상과 비교하라 ⑥ 분할의 토포스: 알기 쉽게 쪼개라 ⑦ 선악의 토포스: 유리한 면을 더 강조하라 ⑧ 본심과 포장의 토포스: 겉치레하는 상대를 비꼬아라 ⑨ 비유의 토포스: 비례함으로 정당화하라 ⑩ 결과의 토포스: 의도보다는 결론을 강조하라 | 또 하나의 논리적 이야기 방법, '예증' | 설득추론과 예증의 시너지 효과

## 4장. 방법 ②: 듣는 사람의 기분 유도하기

타인의 감정을 조종할 수 있을까? | 감정을 유도할 때의 주의사항 ① 분노: 무시, 괴롭힘, 모욕을 활용하라 ② 우애: 상호적인 사랑을 표현하라 ③ 두려움: 설득하기 쉬운 상황을 조성하라 ④ 부끄러움: 남의 눈을 의식하게 하라 ⑤ 동정심: 감정이입을 유도하라

## 5장. 방법 ③: 나의 인성을 훌륭한 것처럼 연출하기

'좋은 사람'이 하는 말은 '좋은 것' | '덕'이 있는 사람은 좋은 사람

으로 보인다 | 덕과 '아름다운 것'의 상관성 | 프로네시스를 느끼게

하라 | 프로네시스를 유도하는 방법 .: 선악을 잘 이해하라 | 프로네

시스를 유도하는 방법 .: '더 좋은 것'을 판단하라 | 비방·중상, 인신

공격으로부터 나를 지키는 법

## 6장. 궤변 전략, 스스로를 지키는 법

궤변의 전략을 알아채라 | 궤변 ①: 결론 같은 거짓 토포스 | 궤변

②: 다양성의 거짓 토포스 | 궤변 ③: 분할과 합성의 거짓 토포스 |

궤변 ④: 부수적 결과의 거짓 토포스 | 궤변 ⑤: 조건의 거짓 토포스

마치며


## 본문 발췌

아리스토텔레스의 변론술을 배워야 하는 4가지 이유

아리스토텔레스의 변론술을 배우면 어떤 점이 도움이 될까? 아리

스토텔레스는 이것의 힘에 대해서 다음의 4가지를 꼽았다.

### 1. 올바른 결론에 도달할 수 있다

사실은 맞는 이야기를 하고 있음에도 불구하고 화법이 잘못되어

자신의 주장이 타인에게 통하지 않거나, 혹은 더 좋은 의견을 설명

하는 데도 불구하고 상대에게 지는 일은 현실에서 종종 일어난다.

이래서는 토론의 의미가 없으며, 어떤 문제도 제대로 해결할 수 없

다. 사내 회의, 가족과의 대화, 정치토론 등 어떠한 문제를 해결하

기 위해서 다 같이 머리를 맞대고 논의할 때 중요한 것은 가장 올바

른 의견이 채택되는 것이다. 이를 위해서는 토론 참가자들이 바른

화법과 정당치 못한 화법을 간파할 수 있어야 한다. 그런 의미에서

아리스토텔레스의 변론술은 토론 자체에 도움이 되는 지식이라 할
수 있다.

## 2. 전문가가 아닌 상대를 설득할 수 있다

이것은 다음 장에서 바로 다룰 이야기이기도 한데, 변론술이란 '청
중의 상식을 전제로 전문지식을 사용하지 않고서 상대를 설득하는
기술'이다. 실제 토론이나 프레젠테이션에서는 주제에 대한 전문
지식을 가지고 있지 않은 상대를 설득해야만 하는 경우들이 많다.
이때 아리스토텔레스의 변론술은 효과적인 무기가 된다.

## 3. 상반된 의견을 동시에 이해할 수 있다

토론 과정에서는 나와 반대되는 입장에 있는 상대의 의견에 대해
서도 충분히 이해해야 한다. 상대의 생각은 내가 반론할 전제가 될
수 있기 때문이다. 다른 사람의 주장은 애써 귀 기울일 필요가 없다
고 생각하고 토론에 임한다면 그건 소피스트와 다름없는 방식이라
볼 수 있다.

진짜가 아닌 가짜란 의미다. 또 토론 당사자가 아닌, 토론을 듣는
청중이나 어느 쪽 의견이 맞는지를 판정하는 입장의 경우에도 쌍
방의 의견을 충분히 이해해야 한다는 사실은 굳이 설명하지 않아
도 될 것이다. 토론이나 주장의 구조를 명확하게 풀어낸 아리스토
텔레스의 변론술은 상반된 의견에 대해 판단할 때, 쌍방의 의견을
동시에 이해하는 데 도움이 된다.

## 4. 잘못된 토의로부터 자신을 보호할 수 있다

아리스토텔레스의 변론술은 폐해가 있는 부정한 토의로부터 자신
을 지키는 데도 위력을 발휘한다. 설득의 논리와 감정론을 함께 알

려주기 때문에 상대의 주장이 정당한 논리에 기초하고 있는지, 단순한 감정론에 지나지 않는지에 대해 적절한 판단을 내리고, 상대의 주장에서 부정한 부분을 빠르게 지적하게끔 도와준다. 즉, 겉만 번지르르하고 알맹이가 없는 주장이나 감언이설에 속는 일을 방지할 수 있다.

그것 말고도 많은 이유가 있다.

아리스토텔레스가 꼽은 위와 같은 장점 외에도 그의 변론술을 배우면 다음과 같은 장점이 더 있다.

. 이성적으로 생각하는 습관이 생긴다.

. 문제의 본질을 간파하는 힘이 생긴다.

. 정확한 커뮤니케이션 방법을 익힐 수 있다.

. 다른 사람에게 나의 주장을 관철시킬 수 있다.

. 사람의 마음을 움직일 수 있다.

그런데 이 모든 장점들을 한마디로 정리하면 다음과 같다.

"비즈니스나 일상에서 다른 사람을 설득하는 힘을 얻을 수 있다!"

언제, 어디에서나 통하는 궁극의 설득법

"최고의 철학자가 고안한, 혀로 이기는 3가지 무적의 기술!"

아리스토텔레스가 생각한 변론술이란 어떤 것이었을까? 그가 한마디로 정리한 내용은 다음과 같다.

변론술이란 어떤 문제든지 그 각각에 대해 가능한 설득 방법을 발견해 내는 능력이다._『변론술』, 제1권 제2장

너무 난해하여 이해하기 어려울 수도 있다. 쉽게 말하자면, '특별한 지식이나 전문용어를 사용하지 않고도 상대를 설득할 수 있는 방법'이라는 의미다. 아리스토텔레스의 변론술에서는 특정한 사람들만 아는 내용이나 전문지식은 사용하지 않는다. 대신 누구나 알고 있는 상식만을 전제로 토론을 진행한다. 그렇기 때문에 '어떤 문제라도' 적용할 수 있다는 것이 특징이다.

그렇기 때문에 현실에서 회사의 개발부 직원이 신상품의 대단한 기능에 대해 아무리 열띤 설명을 한다고 해도 이를 판매할 마케터에게는 별 감흥을 주지 못한다. 또한 아이돌 팬인 아내에게 프로레슬링 팬인 남편이 경기티켓을 결제하기 위해 그 재미에 대해서 아무리 설명해도 설득할 수 없는 경우들이 생기는 것이다. 이때 필요한 것이 누구든지 아는 언어로 상대를 설득하는 기술, 즉 변론술이다. 그런 면에서 변론술은 '변론'이라는 딱딱한 이름의 이면에, 실은 직장에서의 프레젠테이션, 가족이나 지인과의 커뮤니케이션 등 일상의 모든 상황에서 필요한 기술이라 할 수 있다.

### 진정한 설득, 상대를 계속 납득하게 만드는 것

변론술이란 전문지식을 사용하지 않고 상대를 설득하는 기술이라고 했다. 그렇다면 이 대신에 무엇을 활용하여 설득하는 걸까? 바로 '납득'을 사용한다. 상대방의 납득이 계속 쌓이면서 최종적으로

우리가 하고자 하는 주장이 납득되는(즉 설득되는) 것이다. 그리고 이 '납득'을 만들어내는 모든 출발점이 바로 '상식'이라고 아리스토텔레스는 설명한다.

'상식'을 출발점으로 하여 '상대의 납득'을 거듭하여 설득한다!'

이것이 변론술의 기본 규칙이다.

### '상식'이란 무엇인가?

그렇다면 '상식'이란 무엇일까? 아리스토텔레스의 말을 빌리자면, 상식이란 '사전에 (미리) 납득을 끝낸 사항'을 의미한다. 그리스어로 '엔독사(endoxa)'라고 말하며, 아리스토텔레스의 저서에서는 '통념', '일반적인 생각' 등으로 쓰이고 있다. 요컨대, 상식이란 '그것은 당연한 것이 다.'라고 이미 모두가 이해하고 있는 사항을 말한다. 이 상식을 출발점으로 설득을 시도하기 때문에 어떤 주제를 다루든지 우선 중요한 것은 바로 '상대와 상식을 공유하는 것'이다. 이것이 보장되지 않으면 설득까지 도달할 수 없다. 예를 들어, '닭튀김은 고칼로리'라고 생각하고 있고, 현재 다이어트 중인 한 여성이 있다고 가정하자. 만일 당신이 그녀에게 "이 닭튀김은 칼로리가 낮으니 많이 먹어도 괜찮아요."라고 권한다면, 과연 그녀가 설득될 수 있을까? 아마도 불가능할 것이다. 당신이 출발점으로 삼은 '이 닭튀김은 칼로리가 낮다.'라는 것이 애초에 상대의 상식과는 배치되기 때문이다.

이것이 만약 당신이 어딘가에서 가져온 '정말로 칼로리가 낮은 닭튀김'이라고 해도 마찬가지다. 상대의 상식이 '닭튀김은 고칼로리'인 이상, 우선은 그녀가 가진 이 상식을 전제로 출발해야만 한다. 즉 "이 닭튀김은 특별한 방법으로 조리됐다. 그렇기 때문에 저칼로리다."와 같이 우선 '왜 이 닭튀김은 칼로리가 낮은가.'를 먼저 설명하여 '이 닭튀김은 저칼로리'라는 결론까지 상대를 유도하는 과정이 필요하다. 그 후 '이 닭튀김은 칼로리가 낮다.'라는 상대의 납득이 끝난 상태, 즉 새로운 상식에 기초하여 '(그렇기 때문에) 아무리 먹어도 괜찮다.'라고 해야 그녀가 설득될 수 있다. 이렇게 보면 이 과정은 지극히 당연한 이야기처럼 보인다. 하지만 이쪽만이 상식이라고 생각하는 것을 일방적으로 상대에게 밀어붙여 그것을 근거로 이야기를 진행시키다가 결국 설득에 실패하는 일은 일상에서 비일비재하다. 따라서 설득을 시도할 때는 '상대방도 상식이라고 생각하고 있는가?', '이미 내 전제에 납득하고 있는가?'라는 점을 항상 확인해야 한다. 이 과정이 이뤄진 후에야 본격적인 설득에 도달할 수 있으니 말이다. 덧붙여서 아리스토텔레스는 '상식'에 대해 이렇게 정의하고 있다.

모든 사람에게 혹은 대다수의 사람에게 그렇다고 생각되는 것, 혹은 현자들이 그렇게 생각하는 것이다. 이때 현자들이 생각하는 경우 모든 현자가, 혹은 대다수의 현자나 가장 저명하고 평판이 좋은 현자들이 그렇게 생각하는 경우가 그러하다.
_『토포스론』, 제1권 제1장

요컨대, 상식이란 '모두가 그렇게 생각하고 있으니까', 혹은 '현명하거나 믿을 만한 사람들이 그렇게 생각하고 있으니까'라는 이유로 성립 된 것이라고 설명하고 있다. 이 상식의 정의에서 특히 눈여겨봐야 할 것은 '올바른 것'이라는 말이 없다는 점이다. 즉, 상식의 본질이란 (모두에게) 그렇다고 생각되고 있는 사실로서, 그 내용이 바른지 아닌지는 상관없다는 점이다.

(기출간 도서로 작가가 출판사의 허락을 받아 게재하였습니다)

**《하이엔드로 돌파하라》**

**예시❹** : 팔리는 상품으로 어필하고, 열광하는 고객을 만들기 위한 하이엔드 전략

→ 내가 만든 제목

### 책 소개

모든 것은 결국 익숙해진다. 오늘 찬탄했던 제품이 내일이면 당연한 일상이 된다. 새롭거나 더 발전되거나 안목을 더하지 않으면, 고객의 지갑은 열리지 않는다. 경제 불황, 위기에서 벗어나기 위한 우리들의 마지막 선택은 무엇인가? 감성과 이성을 결합한 양손잡이 경영, 고객의 지갑을 스스로 열게 하는 수익성 경영 등이 험난한 경제 불황을 이기려 하는 사람들이 해야 할 마지막 과제, 바로 하이엔드화이다. 히트 상품 조건 속에 숨은 차별화 법칙, 마인드 셋, 성공한 하이엔드 제품과 나라의 사례들로 경제 위기를 탈출해보자.

차례

**PART Ⅰ. '귀하신 몸'이 대접받는다 : '팔리는 아이템'을 만드는 하이엔드 전략**

## Part II. 알리지 않는다, 알게 한다 : '열광하는 고객'을 만드는 하이엔드 마케팅

열광하는 고객의 법칙 01. 최고를 이기면, 최고가 된다

'언니들'과 싸워서 이기는 법, '다미아니' | 싸움은 내 구역에서 하는 것이 당연히 유리하다, '테슬라 모터스' | 기왕이면 달을 쏴라, 제프 베조스의 '문샷 싱킹'

열광하는 고객의 법칙 02. 세상의 여자는 두 부류로 나뉜다, 내 여자와 그냥 여자

주인공은 오직 당신뿐, 보테가 베네타의 구애법 | 안티가 백 명이라도 열성팬이 한 명만 있다면, 간다 | 단 한 명의 고객도 놓치지 않겠다, '스와치'의 3단 케이크 전략

열광하는 고객의 법칙 03. 연애할 때만 '밀당'이 필요한 것이 아니다

이래도 사지 않고 배길 수 있겠어? '동 페리뇽'의 유혹의 기술 | '고객'과 이혼할 것인가, '지금'과 이혼할 것인가

열광하는 고객의 법칙 04. 고객은 품질에 '만족'하고 행복에 '열광'한다

사랑은 스토리를 타고 온다, '멀버리' | 최고는 화려하지만, 최초는 위대하다 | 리추얼을 팔아라, '슈니발렌'과 '딥티크' | "글쎄, 임신중에 먹은 과자래!", 품질이 스토리가 되는 순간

열광하는 고객의 법칙 05. 비쌀수록 대접받는다

가격은 자신감의 높이다, '레드불'의 배짱 전략 | 3만 원짜리도 얼마든지 명품이 될 수 있다 | "지갑이 허락하는 것만 원하는 삶처럼 따분한 삶이 또 있을까요?"

**PART Ⅲ. 우린 '노는 물'이 달라! : '파워 브랜드'로 키우는 하이엔드 브랜딩**

파워 브랜드의 전략 01. 천천히, 서둘러라

실수하지 않기 위해서는 천천히 가야 한다, '몽클레르' | 업종은 바꿔도 이름은 절대 바꾸지 않는다, '리노공업'의 뚝심

파워 브랜드의 전략 02. 앞문이 막히면 뒷문을 찾는다

산은 오만한 자의 허리를 꺾는다 | 내려갈 것이냐 올라갈 것이냐, '페라가모'의 위기 대처법 | 구부린 어깨에는 반드시 누군가 올라타는 법, 'BMW' | 앞문이 열리기를 기다릴 시간에 뒷문을 찾아라

파워 브랜드의 전략 03. '단 하나'에 목숨을 건다

인간이 만들 수 있는 최고 수준의 제품을 꿈꾸다, '실바노 라탄지' | 지킬 것은 오직 원칙뿐, '르크루제' | 시작도 끝도 결국 사람이다

파워 브랜드의 전략 04. 고수 앞에서는 기술이 통하지 않는다

'벌거벗은 셰프'의 세상을 향한 돌직구, '피프틴' | "우리는 개를 세상에서 가장 소중한 존재로 만드는 데 사업의 전부를 바친다", '페디그리' | 뭉치지 않으면 모두 죽는다는 절박한 생존정신, '제스프리' | 애정 앞에선 선거도 무너진다, '새빌로'

**본문 발췌**

'단 하나'에 목숨을 건다

슈트 브랜드 제냐는 매년 '벨루스 오리움 트로피 컬렉션'이라는 행사를 치른다. 매년 최고의 양모를 생산한 생산자를 뽑아 황금 양털과 스위스의 예술가 낫 바이탈이 제작한 트로피를 수여한다. 제냐는 이 생산자와 독점 계약을 맺고 거기서 생산된 울로 최고의 슈트

50벌을 제작한다. 이 특별한 슈트는 영화나 드라마 하나로 뜬 할리우드 스타에게 주어지는 것이 아니라, 기본기부터 탄탄하게 다지면서 각 분야에서 정상에 오른 사람, 걸어온 역사가 명품인 거장을 매년 국가별로 한 명씩 선정해 증정한다. 지금까지 테너 플라시도 도밍고, 미국 전 대통령 빌 클린턴, 지휘자 정명훈 등이 이 슈트를 입었다.

제냐에서 특히 주목할 점은 그들이 원류와 기본을 잊지 않기 위해 부단히 노력한다는 점이다. 제냐는 1910년 이탈리아 북서알프스 트리베로에서 생태학자인 에르메네질도 제냐가 세웠다. 제냐의 기본은 바로 자연이다. 자연에서 그들을 있게 하는 모든 재료가 나오기 때문이다. 울, 캐시미어, 실크 등 모든 재료는 자연이거나 자연을 먹고 자란 동물들에게서 나온다. 제냐는 2005년 낙산사가 불탔을 때 낙산사 복원을 위해 나무 2천 그루를 소리소문 없이 기증했다. 처음부터 한결같은 어떤 사람처럼 한결같은 어떤 브랜드가 있다면, 그런 행동들이 진정성으로 이어진다. 사실 이전부터 제냐는 원단공장 주위에 있는 산악지대에 50만 그루의 침엽수와 진달래나무를 심는 등 자연에 대한 존중을 보여왔다. 기본과 더불어 제냐가 신뢰를 받는 부분은 바로 근본적인 기술력이다. 제냐 전체 매출액의 10퍼센트가 원단에서 나온다. 아르마니, 보스, 베르사체 등의 브랜드도 제냐의 원단을 쓴다. 원단을 뽑아내는 기술은 가공할 수준으로, 1킬로그램의 울 원료에서 150킬로미터의 원사를 뽑아낼 정도다. 기술에 대한 진보는 계속 이루어져 최근에는 11.1미크론 두께의 혁신적인 패브릭을 선보였다. 사람 머리카락이 50~60미크론이라고 하니 얼마나 미세한 패브릭인지 짐작이 가능하다. 마케팅과 이벤트가 사람들의 주목을 끌 수는 있지만 오랫동안 브랜드를 지켜주지는 못한다. 제냐는 양모에 대한 기본, 자연에 대한 기본, 기술에 대한 기본 정신을 지키며 영원한 생명을 기약하고 있다.

<br>

인간이 만들 수 있는 최고 수준의 제품을 꿈꾸다, '실바노 라탄지'

1960년대, 이탈리아의 시골에 한 아버지가 살았다. 그는 사랑하는 아들의 진로에 대해 심각하게 고민했다. 아들에게는 두 가지 길이 있었는데, 하나는 전기 수리공의 길이었고 다른 하나는 구두 제화공의 길이었다. 당시 전기기사들의 감전사고가 잇따른다는 소식에 아버지는 많은 걱정을 했고, 고민 끝에 사랑하는 아들의 손을 잡고 근처의 제화공장을 찾았다. 그리고 간곡히 아들의 도제수업을 부탁했다. 아버지 손에 이끌려서 간 아들이 바로 실바노 라탄지이다.

라탄지가 만든 수제화는 한 켤레에 1만 달러에 팔려나갈 정도다. 2백 년을 바라보는 에르메스의 명품 수제화와 견줄 만하다. 특유의 창의성과 역발상에 그 답이 있는데, 수제화 분야 바닥에서 출발해 최고의 브랜드로 등극한 실바노 라탄지의 하이엔드 전략은 무엇이었을까?

1971년에 창업하면서 라탄지는 좋은 소가죽으로 만들던 당시 구두 업계의 관행에 의문을 가졌다. 보통 독일 소는 강인함, 프랑스 소는 엄격함, 이탈리아 소는 부드러움을 갖고 있다고 말한다. 그리고 대다수의 구두 브랜드들은 더 좋은 소가죽을 구하고, 더 잘 만드는 것에 집중했다. 하지만 라탄지는 이 소재의 한계에서부터 의문을 가졌다. 이탈리아 소가죽 기술이 최고이긴 하지만 꼭 소로 만들 필요가 있느냐고 말이다. 라탄지는 소재의 혁신부터 차별화를 시작했다. 도마뱀, 악어 등 사용 가능한 가죽의 한계를 넘으면서, 세상에서 가장 독특한 브랜드로의 첫발을 내디딘 것이다.

라탄지는 한 언론과의 인터뷰에서 그의 브랜드가 세상에서 마지막 남은 수제화 브랜드가 될 것이라고 이야기했다. 그가 그렇게 자신하는 데는 그럴 만한 이유가 있다. 보통 수제화의 특징은 완벽하지 않다는 것이다. 소비자들은 박음질이 다소 어설프고, 스티치가 삐뚤어도 그것이 바로 수제화를 말해주는 특성이라고 이해해왔다. 그러나 라탄지는 바로 이런 것에 대해 통렬하게 비판한다. 소비자의 너그러운 이해에 편승해 수제화 브랜드들이 안주해왔다는 것이다. 라탄지가 주장하는 것은 'hand-made'가 아니라 'well hand made'이다. 수작업을 넘어서 완벽한 품질을 추구한다는 것인데, 실제로 라탄지는 수작업 제품의 수준을 기계로 만든 제품 이상으로 만들어야 한다고 독려한다. 라탄지는 인간이 만드는 최고 수준의 제품을 고집하기 위해 다른 공방들이 저임금 미숙련 외국인 근로자들로 북적일 때 고도로 숙련된 이탈리아 장인만을 채용했다. 모두가 이탈리아 수제화의 품질에 만족할 때, 스스로 한발 더 나아간 라탄지의 고집은 군웅이 할거하는 이탈리아 제화업계에서 짧은 역사로 최고의 자리에 오른 원동력이었다.

실바노 라탄지는 구두를 새롭게 재정의하는 일에도 몰두했다. 그는 이러한 재정의 작업이 곧 구두의 차별화라고 믿었다. 그러던 어느 날, 라탄지는 친구와 함께 샴페인을 마시다가 문득 안주로 나온

치즈를 바라보았다. 자나깨나 구두 생각뿐이던 그는 샴페인에 취해 문득 이런 생각을 하게 되었다.

'숙성된 샴페인, 숙성된 와인, 숙성된 치즈는 모두 시간이 갈수록 그 가치가 더해지는데, 왜 구두는 시간이 지나면 낡고 가치가 없어지는 걸까?'

이후 그의 이런 의문에 스파크를 튀게 하는 뉴스가 발생한다. 1837년에 죽은 레오파르디의 유골이 63년 만에 발굴된 것이다. 발굴 당시 해골밖에 남아 있지 않았는데, 그가 신었던 구두는 거의 온전한 상태였다. 마침내 2005년 실바노는 그의 실험실 옆 마당에 다섯 개의 구덩이를 파고, 그가 아끼는 50켤레의 구두를 묻은 뒤 4년 만에 꺼내보았다. 기대했던 대로 구두는 온전한 상태였지만 땅속의 박테리아와 습기로 인해, 공장에서는 절대 제조할 수 없는 독특한 색채와 형태를 띠고 있었다. 실바노 라탄지를 세계에 알린 '숙성 구두'는 이렇게 탄생되었다. 발굴된 구두는 밑창을 교체한 후 깨끗하게 세척해 고객에게 판매되는데, 그 판매가격이 무려 일반 명품 구두의 세 배가 넘는다. 실바노 라탄지는 와인과 치즈라는 다른 업종의 아이디어를 가져오는 상상 밖의 결단으로, 시간을 거슬러 가치가 올라가는 숙성 신발의 개발에 성공했다. 실바노 라탄지의 하이엔드 전략은 쉽게 정리할 수 있다. 정형화된 개념을 다시 생각해보고 재정의했으며, 그 안에서 완벽을 향한 디테일로 각을 세웠다. 땅속에 4년 동안 묻어둔 그의 숙성 구두는 창의, 결단, 경영 철학 등을 보여주는 숭고한 결정체라고 할 수 있다.

(기출간 도서로 작가가 출판사의 허락을 받아 게재하였습니다)

《그래서 그녀는 젊다》

: 백만장자 클럽을 달성하여 10억의 커미션을 받은 두 아이를 키우

는 전업주부의 필살 성공법

→ 내가 만든 제목 _____

목차

**1_ 성장하는 여자는 늙지 않는다**

건강한 욕구가 나의 가치를 깨운다

내 안의 나와 겸허하게 마주할 때 | 욕심 부리지 말고, 나를 욕구하라

문제는 나이가 아니라 생각이다

생각을 바꾸면 탁월함이 보인다 | 생각에 머무는가, 용기를 더하는가

벼랑 끝에서 피는 꽃, 잠재력

절박할수록 남다름은 더 잘 보인다 | 남다름은 끌어내는 것이 반이다

"예"에 열리고, "아니오"에 닫힌다

"예!"라고 말할수록 길이 보인다 | 하고 싶지 않은 일이라도 "예!"

하라

많이 보고, 많이 듣고, 많이 부딪쳐라

많이 보고 듣는 만큼 성장한다 | 새로운 경험은 자신을 키우는 투자

선택과 집중으로 나를 꽃피울 때

약점을 보완하기보다 강점을 키워야 | 약점을 보완하는 것은 선택

이다

집중력은 나를 키우는 또 다른 힘

집중할수록 반드시 길이 열린다 | 집중력을 높이려면 훈련이 답이다

버킷리스트로 내 능력을 현실로

버킷리스트, 쓰면 이루어진다 | 버킷리스트, 이렇게 쓰면 더 좋다

## 2_ 오늘이 마지막 날인 것처럼

성실함에 전략을 더해야 최선이다

전략 없는 최선은 자기 위안일 뿐 | 목표가 분명하면 전략도 분명하다

하루하루의 기록이 미래를 만든다

중요한 일 여섯 가지를 적고 실행하라 | 때로는 일정을 고쳐야 할

순간이 온다 | 기록은 기억 속에 존재한다

목표는 크게, 플랜은 촘촘하게

당신이 이루어야 할 끝은 '꿈'이다 | 실행 플랜이 촘촘하면 꿈도 가

깝다

편법으로는 기본을 이길 수 없다

영업의 기본은 '오늘도 정직'이다 | 기본에 충실할수록 기복이 없다

진짜 영업은 제품을 판 후부터

사후 서비스가 고객 감동을 부른다 | 감동은 새로운 고객으로 이어

진다

확신이 없다면 설득할 수도 없다

가장 확실한 상품설명서, 체험 | 확신해야 즐기고, 즐겨야 성공한다

팔지 말고, 고객의 니즈를 읽어라

귀를 크게 열수록 니즈가 보인다 | 때로는 고객의 니즈를 디자인하라

고객과 제품보다 삶을 나누어야

거절당할수록 내 일은 잘 자란다

그들이 거절하는 건 당연하다 | 거절당하지 않으려면 먼저 주어라

고객, 만들려 하지 말고 발견하라

잠재고객은 언제 어디서나 있다 | 먼 곳의 고객이 가장 가까운 고객

이미지 메이킹도 전략이다

좋아하는 것보다 어울리는 이미지를 | 이미지 메이킹이 자신감을

만든다 | 이미지 메이킹은 인격으로 완성된다

당장의 이익보다 비전에 투자하라

여러분은 어디에 투자하고 있습니까 | 눈앞의 상품이 아닌 비전을

팔아라

건강관리는 선택이 아니라 필수

### 3_ 현명한 여자는 언제나 아름답다

앞서가는 여성이 가정을 지킨다

남편의 무능은 남편이 못나서라고? | 앞서가려면 틀에 갇히지 마라

가족을 내 편으로 만들자

비즈니스를 하듯 가족을 설득해야 | 믿지 못한다면, 그들이 믿게 하라

아이는 인격체로 대해야 잘 큰다

아이는 부모의 아바타가 아니다 | 마음으로 함께해야 갈등이 풀린다

간섭할 것인가, 관여할 것인가

크게 키우려면 간섭이 아닌 관여를 | 길을 잃었다면 적극적으로 관

여해야

갈등, 이해보다 인정을 내밀 때

다름을 인정하고 차이를 존중해야 | 시부모와 남편은 독립된 인격체

좋아하는 엄마, 닮고 싶은 엄마

딸의 가장 좋은 역할 모델은 엄마 | 닮고 싶은 부모만이 진정한 승

자다

그래도 경제력은 여전히 절실하다

## 4_ 혼자가 아닌 모두를 꿈꾸며

당신의 경쟁자는 여성이 아니다

여성만이 여성을 보듬을 수 있다 | 혼자는 힘겹지만 함께 가면 즐겁다

함께 크는 길, 아낌없이 베풀어라

지적보다 칭찬과 격려를 내밀어야 | 인정받고 싶은 건 누구나 마찬가지

그를 도와줄 때 나는 행복하다

주고받는 것이 아니라 순환하는 것 | 도움이 필요하다면 찾아가서 도와라

내가 이룬 성과가 그에게는 비전

불가능하다고? 그래야 길이 보인다 | 'NSD 서영순', 모두의 비전이 되다

일은 그쳐도 사람은 보내지 마라

나를 위해 가는 그를 붙잡지 마라 | 시작은 뜨겁게, 이별은 따뜻하게

나를 다스리는 여성이 아름답다

눈물은 '그녀의 무기'가 아니다 | 감정과 비즈니스 주기를 분리하라

멘토도 멘티도 모두가 나의 스승

멘토는 나이와 경험을 뛰어넘는다 | 멘티는 멘토의 가장 좋은 자극제

포기하지 마라, 믿는다면 믿어라

참을 줄 아는 리더가 조직을 키운다 | 리더의 사전에 '포기'란 없다

리더를 존중해야 리더로 자란다

114

가장 확실한 성공 매뉴얼, 리더 | 리더에게서 리더의 역할을 배운다

**Epilogue _ 성장과 나눔은 결코 둘일 수 없다**

### 본문 발췌

지적보다 칭찬과 격려를 내밀어야

칭찬에 대해서는 저마다 이견이 존재한다. 한때 《칭찬은 고래도 춤
추게 한다》가 베스트셀러가 되면서 칭찬 열풍이 분 적이 있다. 칭
찬이 무기력하고 패배주의에 젖어 있던 조직을 변화시켜 생산성을
크게 높였다는 내용을 담은 책이었는데, 이후 꽤 오랫동안 칭찬이
절대불변의 진리로 군림했다. 집에서도, 학교에서도, 기업에서도
칭찬을 해야 아이가, 학생이, 조직구성원들이 바람직한 방향으로
잘 성장할 수 있다고 믿었다.

칭찬 예찬이 과열되면서 칭찬을 경계하는 목소리 역시 높아지기
시작했다. 특히 무조건적인 칭찬은 사람을 성장시키는 데 오히려
독이 된다며 우려했다. 분명 잘한 것은 칭찬해야 하지만 잘못한 것
은 따끔하게 지적해주어야 한다는 목소리도 만만치 않았다.

둘 다 일리가 있는 주장이다. 그럼에도 사람을 성장시키는 데 칭찬
만큼 훌륭한 약은 없다고 생각한다. 메리케이는 서로를 칭찬하고
격려하며 성장했고, 그것으로 성장할 회사다. 칭찬을 싫어하는 사
람은 없다. 아무런 근거도 없이 무조건 칭찬을 위한 칭찬을 하면 기
분이 상할 수 있지만, 진정성이 담긴 칭찬은 크기와 상관없이 누구
라도 기분 좋게 만든다.

칭찬에 인색한 사람은 "칭찬할 일을 하지도 않았는데 어떻게 칭찬

을 하느냐?"고 반문한다. 칭찬할 거리는 늘 있다. 메리케이에서는
아주 작은 일도 아낌없이 칭찬한다. 아이크림을 하나 판매했다고
해도 "정말 훌륭해요"라고 칭찬하고, 이번 주 판매가 지난주보다3
만 원 늘었다고 해도 진심으로 칭찬하며 축하해준다.

대단하지도 않은 일에 유난스럽게 칭찬한다고 생각할 수도 있다.
하지만 칭찬의 효과는 대단하다. 칭찬은 자신감을 키워준다. 여성
들은 대부분 자기 능력을 폄하한다. 자기 안에 얼마나 빛나는 보석
이 있는지 잘 모른다. 일을 하고 싶어하면서도 스스로 주눅이 들어
할 수 없다고 단정 짓는다. 그랬던 그녀들에게 칭찬은 자기도 몰랐
던 자신의 가치를 알게 해주는 도화선 같은 역할을 한다. 칭찬으로
잃어버렸던 자신감을 회복하면 성장하는 것은 시간문제다.

때로는 문제점을 정확히 짚어주기도 해야 한다. 칭찬으로 할 수 있
다는 자신감을 키워주는 것도 중요하지만, 더 크게 성장하려면 자
신의 문제점을 제대로 알고 해결해야만 한다. 물론 그때도 칭찬과
격려가 먼저다.

"좋아요, 잘했어요. 하지만 이럴 때는 이런 방법으로 하면 더 좋은
결과를 얻을 수 있을 것 같은데요. 그러면 분명히 더 잘할 수 있을
거예요."

먼저 칭찬하지 않고 무조건 지적부터 시작하면 잘못했다고 질책을
받는 것처럼 느껴져 기분이 언짢고 힘들게 찾았던 자신감을 다시
잃을 수도 있다. 지적해주어야 할 때일수록 칭찬과 격려를 잊어서
는 안 된다.

"전 다른 사람이 절 어떻게 생각하는지 관심 없어요. 다른 사람의 인정이 왜 중요하죠? 저만 떳떳하고 당당하면 되죠."

이렇게 말하는 이들이 종종 있다. 다른 사람의 시선을 너무 의식할 필요는 없다. 다른 사람이 어떻게 생각할까 두려워서 하고 싶은 일을 하지 못할 이유도 없다. 그렇지만 다른 사람의 인정이 필요 없는 삶이 과연 행복할까?

인정은 남을 통해서만 받는 것은 아니다. 다른 사람들의 인정에 앞서 자기 스스로가 자신의 가치를 인정해야 어떤 상황에서도 당당하게 살 수 있다. 다른 사람들이 아무리 인정해도 스스로 자신을 인정하지 못하면 주도적인 삶을 살기 어렵다. 남들이 뭐라 해도, 남들이 아무리 비웃어도 스스로 자신을 인정하면 쉽게 좌절하거나 포기하지 않는다.

하지만 사람은 자기 스스로의 인정만으로는 만족하지 않는다. 누구나 다른 사람으로부터 인정받고 싶어한다. 집에서는 부모에게 자랑스러운 자녀, 착한 자녀로 인정받고 싶어하고, 학교에서는 모범이 되는 학생, 성실한 학생, 착한 학생으로 인정받고 싶어한다. 인정받고 싶어하는 욕구는 어른이 되어서도 끝이 없다. 직장에서는 능력 있는 사람으로 인정받고 싶어하고, 인간관계를 맺고 있는 많은 사람들에게 좋은 사람, 멋진 사람으로 인정받고 싶어한다.

인정받고 싶은 마음은 본능적인 욕구다. 인간은 사회적인 동물이기 때문에 다른 사람들로부터 인정받았을 때 비로소 자신의 존재와 가치를 확인한다. 그래서 사람들은 인정을 받기 위해 최선을 다

한다. 열심히 노력해 인정받았을 때의 기분은 상상 이상이다. 날아갈 듯 기분이 좋고, 더 큰일도 얼마든지 해낼 수 있을 것 같은 자신감이 충만하게 차오른다. 반대로 아무리 노력해도 인정받지 못하면 의기소침해진다. 자신감을 상실하고 '내가 원래 그런 사람이지 뭐'하며 자괴감에 빠지기도 한다.

결국 인정이 사람을 성장시킨다. 인정만 해도 사람은 저절로 성장한다. 굳이 성장하는 방법을 알려주지 않아도 스스로 방법을 찾고 성장하기 위해 노력한다.

인정을 표현하는 방법은 여러 가지다. 진심어린 칭찬만으로도 충분한 인정이 될 수 있다. 칭찬과 인정은 동전의 양면과도 같아 칭찬을 하면 그 자체가 그대로 인정이 된다. 다만, 무조건적인 칭찬으로는 인정받았다는 느낌을 주지 못한다. 아무 때나, 아무런 근거도 없이 "정말 능력 있는 사람이에요"라고 칭찬한들 믿지 않는다. "처음 스킨 클래스를 했는데, 많이 해본 것처럼 능숙하게 정말 잘했어요. 발전 가능성이 정말 많네요"와 같이 구체적인 것을 칭찬하고 인정해야 설득력이 있다.

진심어린 말로도 충분히 인정해줄 수 있지만 메리케이에서는 인정의 대가로 다양한 선물을 제공한다. 선물은 인정받은 사람에게 주는 상과도 같다. 회사에서 제시한 매출액을 달성하면 보석을 주기도 하고, 여행을 보내주거나 고급 승용차를 준다. 평소 여성들이 도저히 스스로를 위해서는 절대 사지 못할, 그러면서도 갖고 싶어하는 그런 것들이다. 생각만 해도 마음을 흔드는 선물을 받으면서 인정받았음을 더 실감한다.

옷도 인정의 표시로 사용된다. 메리케이에서는 성과에 따라 디렉터에게 고급 수트를 입을 특권을 부여한다. 전문 디자이너가 심혈을 기울여 디자인한 고가의 옷이다. 이 정장은 그 자체로 대단한 인정의 표식이다.

수많은 디렉터와 뷰티 컨설턴트들이 모인 세미나에서 사람들은 입고 있는 옷만 봐도 누가 가장 능력 있는 디렉터인지를 단박에 알아본다.

그뿐만이 아니다. 메리케이에서는 매월 발행하는 잡지 《어플로우즈》에 최우수 뷰티 컨설턴트와 단계별로 새로 디렉터가 된 여성들의 이름을 공개한다. 이 또한 훌륭한 인정의 표시로 당사자들을 기쁘게 하고 보람을 느끼게 한다.

인정은 많이 해도 탈이 나지 않는다. 또한 인정은 나 혼자 할 때보다 가능한 한 여러 사람들에게 널리 알려 모두가 인정해줄 때 더 효과적이다.

한 사람에게 인정받았을 때와 10명에게 인정받았을 때, 수많은 이들에게 인정받았을 때의 효과는 확연히 다르다. 그래서 가능한 한 내가 인정하는 부분을 어떻게 다른 사람들과 공유할 수 있을지 많이 고민하고 실천한다. 인정은 긍정이다. 메리케이에서는 매주, 매월, 매년 인정식을 한다. 서로가 서로를 칭찬하고 서로를 인정해줄 것을 찾고 공개적으로 인정한다. 이런 과정을 통해 관계는 한결 긍정적으로 발전하고, 서로의 인정에 힘입어 모두 앞으로 한 걸음 더 나아갈 수 있다.

(기출간 도서로 작가가 출판사의 허락을 받아 게재하였습니다)

당신은 어떻게 적어보았는가? 제목 잡기 실습을 할 때에는 가급적 부제도 같이 잡기를 추천한다. 그러면 제목과 마케팅 양쪽 토끼를 모두 잡을 수 있다. 나는 다음과 같이 잡아보았다. 자신이 쓴 것과 한번 비교해보면 좋을 것이다.

---
**제임쓰양의 제목안**

① 《다시, 혼자》

→ 《우리는 언젠가 혼자 남을 준비를 해야 한다》

부제: 삶의 본질을 찾아 지나간 시간을 다시 되돌아보게 하는 책

② 《비위가 건강하면 병이 없다》

→ 《나는 병 없이 건강하게 살고 싶다》

부제: 비위(脾胃)가 건강하면 병이 없다

③ 《마음에 착 달라붙는 말》

→ 《아리스토텔레스의 지지 않는 대화법》

부제 : 인간관계를 부드럽게 만드는 12가지 대화의 기술

④ 《하이엔드로 돌파하라》

→ 《한 덩이 고기도 루이비통처럼 팔아라》

부제: 불황일수록 비싸게 팔아라!

⑤ 《그래서 그녀는 젊다》

→ 《꿈이 있어서 나는 멈추지 않는다》

부제: 그래서 그녀는 젊다

# 제목의 짝꿍 표지 카피,
## "나도 너만큼 중요해!"

　표지에서 제목만큼이나 우리의 눈에 들어오는 게 바로 표지 카피다. 제목 옆을 차지한 부제를 비롯해서 띠지나 표지 곳곳에 놓인 카피는 다양한 방법으로 독자들을 유혹한다. 제목과 표지를 보고 살짝 고민하고 있을 때 결정적 한 방을 날려주는 게 바로 표지 카피다. 그래서 띠지 혹은 앞표지 전면에 들어갈 카피는 독자들의 숨겨진 욕망을 건드리고 그들의 욕구를 충족시켜줄 수 있어야 한다. 사실상 표지 카피는 책의 가장 좋은 광고판이라 해도 과언이 아니다.

　보통 제목과 표지를 보고 목차까지 훑은 후에야 책 구매를 결정한다고들 하는데 나는 그렇지 않다. 95퍼센트는 제목을 보고 책을 집는다. 집어 든 책 중 50퍼센트는 제목만으로 이미 구매 여부가 결정된다. 그리고 20~30퍼센트는 카피를 보고 살지 말지를 결정한다. 목차까지 갈 것도 없이 이미 이 단계에서 80퍼센트는 결정되는 것이다. 간혹 목차까지 꼼꼼히 살핀 후 구매하는 사람도 있겠지만 나에게 목차는 그저 확인차 보는 정도다.

　몇 가지 사례를 보자.

나는 책 제목 그대로
가상화폐 투자로 3달 만에 3억 벌었다
허황된 이야기로 들리는가?
지금 가상화폐 투자하지 못하면
평생 후회한다
"부자가 될 마지막 기회!"

　카피에도 제목과 마찬가지의 법칙이 적용된다. 이 책은 부제에 '부자'라는 말을 노골적으로 넣어 나의 이익과 직결되는 이야기가 담겨 있음을 내비친다. '부자가 될 마지막 기회!'라는 강렬한 카피로, 이 책을 사지 않으면 안 될 것 같은 느낌을 강하게 주는 것이다.

대한민국에 '칭찬 열풍'을 불러일으킨
밀리언셀러!
너무 가까이 있어서 무심코 지나쳤던
소중한 사람에게
마음의 벽을 허물고 싶지만
쉽게 다가가기 힘든 사람에게
칭찬의 말을 꼭 전하세요.

카피 속에서 이미 '베스트셀러'임을 드러냄으로써 안 읽으면 왠지 시대에 뒤처질 것 같은 느낌과 히트작을 소유하고 싶은 욕구를 동시에 자극한다. 또한 그 아래 카피에서는 '~에게, ~에게'라고 적어 책을 읽어야 할 대상과 그 목적을 분명히 전달하고 있다. 칭찬이 필요한 사람에게 선물하기에 매우 적합하다는 인상을 주는 것이다.

적을 만들지 않는 사람이 성공한다
총명한 토끼는 세 개의 굴을 판다.
현재의 굴이 위험해지면,
다른 굴로 피신하여 시간을 벌고
안전하게 훗날을 도모하기 위함이다.
이는 다양한 방법으로 앞날을 대비해두어야
예측할 수 없는 모든 불행에
대처할 수 있음을 강조하는 말이다.

이 카피는 사람들이 공감할 만한 내용의 일부를 발췌해 넣었다. 이미 제목에서 인간관계에 실패하거나 조언이 필요한 사람들의 마음을 건드리고 있는데, 거기에 좀 더 확실히 책이 전하고자 하는 내용을 구체적으로 담은 카피를 얹어 훨씬 호기심을 불러일으킨다. 안에는 인간관계에 관련한 유익한 내용이 가득할 것 같은 느낌이 든다.

대부분의 사람이 책 구입을 결정하는 마지막 단계가 목차라고 생각하는데, 이것은 큰 착각이다. 사람들은 카피가 책 속 내용을 함축해서 밖으로 드러내 보여주는 것이라 생각하기 때문이다. 그래서 카피를 읽고는 상당히 많은 부분을 예측한다. '아, 이런 내용이 담긴 책이구나' 하고 깨닫기도 한다.

물론, 카피가 내용을 충실하게 반영하지 않는 경우도 많다. 하지만 이성은 이성을 조롱할 능력이 있다고 하지 않던가. 우리는 이러한 카피를 보는 순간, 이성이 멈추면서 자신조차도 이미 속고 있다는 사실을 까맣게 잊어버린다. 그래서 한때 종합 1위를 달리던 책들도 카피를 보고 구매했다가 전혀 상관없는 목차를 보고는 '이런 책이었어?' 하고 깜짝 놀라는 경우가 많았다.

## 실컷 다 잘해놓고
## 표지에서 까먹기

베스트셀러의 5가지 조건 중 첫 번째가 바로 '제목과 표지'라고 했다. 이 둘을 한꺼번에 1번 요소로 넣었을 만큼 두 가지 모두 매우 중요하다. 진실한 콘텐츠, 내용이 충실한 콘텐츠도 중요하지만 그렇다고 포장의 힘을 무시해서는 안 된다.

사실, 나는 베스트셀러의 요건 중 제목과 표지가 1번, 타이밍이 2번, 내용이 3번이라고 생각한다. 아무리 내용이 좋고 제목을 잘 잡아도 사람들에게 혐오감을 주거나 시류에 맞지 않는 옷을 입혀 시장에 내어놓는 것은 실패의 불구덩이에 뛰어드는 것과 같다.

"내용이 진정성 있으면 겉이 좀 별로여도 결국 알아봐주지 않을까요?"

그건 당신의 생각일 뿐, 아무리 많은 능력을 갖추었어도 단정한 매무새는 필수이다. 거기에 호감을 주는 외모라면 플러스알파가 되듯이 책도 이 법칙에서 크게 어긋나지 않는다. 즉, 독자가 제목과 표지를 보고 한눈에 사로잡혔을 때 비로소 목차를 확인하고 본문 내용을 보지 않는가. 제목과 표지가 고루하고 진부한데 누가 그 책을 집겠는가.

원래 예쁜 사람이 옷까지 예쁘게 입고 화장도 잘했다면 그의 외모는 200퍼센트 이상 돋보일 것이다. 마찬가지로 좋은 표지는 제목을 200퍼센트 부각시키고, 내용에 호기심을 갖게 만든다. 하지만 적절하지 않은 표지는 매우 위험하다. 책의 질을 떨어뜨리고 선입견을 갖게 만들기 때문이다.

나는 종종 출판사 대표들에게 "이 책은 내용도 제목도 좋으니 표지를 좀 바꿔보라"는 조언을 건네기도 하는데, 그렇게 해서 한 권도 안 팔리던 책이 베스트셀러로 탈바꿈한 예도 꽤 있다. 그만큼 표지는 판매에 중요한 영향을 미친다.

특히 요즘에는 '소장용' 책을 갖고 싶어 하거나, 예쁜 일러스트 시리즈를 모으는 사람이 많아지고 있다. 이런 추세에 맞추어 표지 자체에 콘셉트를 부여하거나 표지를 마치 하나의 작품처럼 디자인하기도 한다. 현대 사회에서 눈을 즐겁게 하는 '디자인'의 요소는 매우 중요하다. 오죽하면 이건희 회장도 다른 모든 걸 제쳐놓고 오직 '디자인'에만 10년을 투자했을까!

우리나라는 더더욱 디자인에 민감하다. 세계에서 책의 제목과 목차를 가장 잘 뽑는 나라는 어디일까? 바로 일본이다. 이 부분에 가장 취약한 나라는 중국과 영미권이다. 우리나라도 일본의 영향을 받아서 그런지 제목과 목차를 세계에서 두 번째로 잘 뽑는다. 그렇다면 표지를 가장 잘 만드는 나라는 어디일까? 바로 우리나라다. 대한민국은 세계 어느 나라 사람보다 시각이 굉장히 발달했다. 그래서 삼성 휴대전화 애니콜이 전 세계를 장악할 수 있었다고 본다. 지금이라도 이러한 성향을 알았으니, 자신의 책에 가장 적합하면서도 참신하고 아름다운 표지가 나올 수 있도록 신경 써야 할 것이다.

자, 그렇다면 어떤 제목에는 어떤 표지가 어울릴까? 트렌드를 잘 살피는 것도 중요하고 책 제목과 콘셉트에 잘 어울리게 하는 것도 중요하다.

표지를 잘못 잡았다 실패했던 책들 중 표지 디자인을 바꿔서 성공을 거둔 몇 가지 사례를 보자.

아래는 《차라리 혼자 살걸 그랬어》의 표지 시안들이다.

당신이 저자라고 가정해보자. 출판사에서 "저자님, 책 표지가 이렇게 나왔는데요. 검토해보시고 어떤 게 마음에 드는지 말씀해주세요"라고 한다면 몇 번을 고를까? 1번? 2번? 아니면 3번? 아마 어떤

걸 골라야 할지 몰라 망설이고 있을 것이다. 자, 최종적으로 결정된
표지를 보자.

어떤가. 훨씬 낫지 않은가. 이렇게 표지가 바뀌어 저자도 흡족해
했고 기획사인 나도 흡족해했다. 출판사도 좋아했음은 물론이다. 모
두가 만족한 상황에서 출간된 이 책은 3개월 동안 분야 베스트셀러
1~3위를 놓치지 않았다.

다음은《나에게 불황은 없다》의 표지 시안들이다.

1      2      3      4

이 책 역시 처음에 표지 4개가 나왔는데 마음에 드는 게 하나도 없었다. 표지 재시안을 요청한 끝에 아래와 같이 나왔다.

제목도 좋은 데다 표지도 요즘 스타일로 잘 나와서 출간되자마자 2주 만에 베스트셀러 2위를 기록한 책이다.


이번에는 제목이 좋지 않아서 표지를 깎아먹은 경우다.

1

2

3

좋은 표지는 제목을 200퍼센트 상승시켜주지만 제목이 좋지 않다면 표지의 매력도마저 떨어뜨린다. '한 권으로 해결하는 사업의 모든 것'이라고 제목을 지었을 때는 어떤 표지에 얹어놔도 괜찮아 보이지가 않았다. 그래서 급기야 제목을 바꾸고 표지를 다시 잡았더니 이렇게 나왔다.

아마 앞의 표지와 이 표지를 보고 '같은 책이야?' 하며 놀랐을지도 모르겠다. 분명 같은 책이다. 심지어 디자이너도 같다.

그렇다면 왜 이렇게 다르게 나오는 걸까? 표지를 만드는 사람과 제목을 만드는 사람은 다르기 때문이다. 제목은 기획자가 만들고 표지는 디자이너가 한다. 서로 동상이몽을 하기 일쑤다. 하지만 분명한 것은 제목이 좋으면 표지가 좋게 나오고, 좋은 표지는 제목을 200퍼센트 상승시켜주고, 좋은 제목은 표지를 200퍼센트 상승시켜준다는 사실이다.

## 인생은
## 타이밍이다

베스트셀러의 두 번째 조건은 바로 '타이밍'이다. 나는 '인생은 타이밍'이라는 말을 자주 한다. 어느 정도 연륜 있는 분이라면 이를 절감할 것이다. 중요한 일들, 큰일일수록 그것이 결정되고 이루어지는 데 타이밍은 지대한 영향을 미친다. 상품을 판매하는 데에서는 더욱 그렇다.

과거 한 굴지의 출판사 대표가 텔레비전에서 식초의 효능을 다룬 프로그램을 보았다. 그는 분명 식초가 유행할 것이라고 생각하고는 다음 날 바로 식초 관련 책을 기획했고 3개월 안에 책을 출간했다. 그때쯤 한 유명 식품 회사에서도 발 빠르게 정보를 입수하고 식초 음료를 개발해 론칭을 앞두고 있었는데, 마케터가 책과 제품을 묶어 동시에 세상에 내놓았다. 식초가 다이어트에 효과적이고 여성에게도 좋다는 이야기가 미디어를 통해 쫙 퍼지자, 책과 제품은 불티나게 팔렸다. '식초'라는 하나의 소주제에 국한되어 있음에도 그 책은 베스트셀러에 꽤 장기간 올라 있었다. 기가 막힌 타이밍이었다.

좋은 주제, 잘 전개되는 내용, 멋진 제목, 예쁜 디자인으로 만든 책에 타이밍이라는 요소까지 더해진다면, 그 책은 베스트셀러로서 최상의 요건을 모두 갖추었다고 할 수 있다. 특히 유행에 민감하고 정보에 발 빠른 한국인들에게 타이밍은 매우 중요한 요소이다.

그렇다면 어떻게 딱 정확한 타이밍을 점칠 수 있을까? 100퍼센트 정확하게 시기를 맞추기란 힘들지만, 전문가의 의견을 통해 대체적으로 예상해볼 수는 있다. 누가? 담당 마케터가! 그러면 누구보다 최상의 타이밍을 찾아낼 수 있다. 그들과 협력해 당신의 책 또한 기막힌 타이밍을 찾아내길 바란다.

물론, 타이밍만 좋다고 무조건 베스트셀러가 되는 건 아니다. 아무리 타이밍이 좋아도 적합한 제목이 딸리지 않는다면 결국 사람들의 눈길에서 멀어진다.

예를 들어보자. 삶에 지치고 힘든 청춘들이 갈 길을 찾지 못해 방황하는 사회적 현상이 두드러지는 시기라고 했을 때 마침《아프니까 청춘이다》라는 제목의 책이 나왔다면? 누구라도 이 책을 보는 순간 '아, 바로 이거야!' 하는 생각을 할 것이다. 만약 이 시기에《인사이트 아웃》이라는 제목의 책이 함께 판매대에 놓여 있다면 과연 우리의 눈길을 끌 수 있을까? 누구도 이 책을 집어 들지 않을 것이다.

이처럼 타이밍과 제목은 매우 깊은 상관관계에 있다. 결국 타이밍에 적합한 제목이 베스트셀러의 요건 중 가장 중요한 것이다.

## 아무리 포장을 잘해도
## 내용물이 나쁘면 두 번째는 없다

요즘 인스타그램이 인기다. 페이스북, 인스타그램은 드러내고 표현하기를 좋아하는 우리나라 사람들의 성향에 잘 맞는 SNS이다. 사람들은 좋은 정보를 예쁜 사진, 짧은 소개글과 함께 공유할 수 있게 되었다. 특히 주부들이나 여성들 사이에서 '좋다', '괜찮더라', '죽이더라'고 입소문이 난 아이템들은 십중팔구 대박을 터뜨린다고 하니, 상품을 팔아야 하는 기업들로서는 이보다 좋은 홍보 시장이 없을 것이다.

여기서 중요한 것은 바로 '입소문'이다. 특히 우리나라 여성들은 물건을 하나 사려면 여기저기 가격을 비교해보고 그중 가장 정확하고 싸고 믿을 수 있는 제품을 고르는 꼼꼼함을 보인다. 그 최종적인 선택에서 가장 큰 역할을 하는 것이 바로 '제품의 솔직후기'다. 큰돈을 들여 마케팅하지 않아도 실제로 사람들이 써보고 진짜 좋아서 쓴

후기는, 빛의 속도로 대한민국 전역에 속속 퍼져 판매를 유발한다. 이것이 입소문이다. 입소문은 파급효과가 정말 크고, 오래간다. 단, 여기에는 '제품이 정말 확실해야 한다'는 전제가 따른다.

당신의 책이 베스트셀러가 되기 위해서는 반드시 책 내용이 좋아야 한다. 이는 5가지 조건 중 대단히 필수적인 사항이다. 예전에는 독자의 지적 수준을 중학생 정도로 보는 게 일반적이었지만 지금은 아니다. 독자들은 글로벌 시대에 많은 책을 읽고 새로운 경험을 하고 특이한 것을 접해보았기에 굉장히 수준이 높아졌다. 허접한 콘텐츠로는 절대 독자들의 지갑을 열 수 없다.

"장난해?"

당신의 책이 수준 이하라면 독자들은 바로 내려놓을 것이다. 또한 커피를 마시고 영화를 보고 게임 아이템을 사느라 책 구매는 그 순번이 맨뒤로 밀려나버리기 일쑤라 어지간히 좋은 콘텐츠가 아니면 구매욕을 자극할 수 없다. 그런데 '왠지 부족한', '그저 그런', '미완성의', '재미없는', '유용하지 않은' 내용의 책을 내어놓는다? 이는 스스로 사망신고를 내린 채 전쟁터에 나가는 것과 같다.

대신 이렇게 까다로운 그들이기에 정말 재밌고 좋고 마음에 드는 책이라면 입소문은 시간문제다. 입소문의 효과는 마케터가 놀랄 정도로 크고 빠르다. 이러한 과정을 통해 베스트셀러에 오른 책은 롱셀러가 될 가능성도 높아진다.

"표지랑 제목만 대충 좀 그럴듯하게 잡으면 되지 않나요? 요즘 누가 책을 끝까지 보나요?"

종종 이렇게 말하는 사람이 있는데, 이 무지몽매한 이에게 신의 가호가 있기를!

물론 제목과 표지는 이루 말할 수 없이 중요하다. 거기에 내용까지 탄탄하게 받쳐준다면 그 책의 운명은 어떻겠는가?

우리나라 사람들의 입소문은 엄청 매섭다. 이를 잘 활용하기 위해서라도 처음 책을 기획할 때부터 충분히 심사숙고해야 하고, 내용을 채워나가는 과정에서는 반드시 전문가의 도움을 받아야 한다. 베스트셀러는 절대 그냥 만들어지지 않는다. 혹시 알맹이가 없는데도 어찌어찌 포장을 아주 잘해 첫 책의 초판을 다 팔았더라도, 그런 저자에게 두 번째 책이란 절대 없다는 것을 꼭 기억하자.

## 마케팅 불변의
## 법칙

베스트셀러의 네 번째 요건은 바로 '마케팅'이다. 이미 저자의 인지도가 높다면 웬만한 마케팅은 그 효과를 극대화할 수 있다. 특히 문학 분야에서는 저자의 인지도가 꽤 중요하다. 이름 없는 작가의 소설책이 베스트셀러가 되기란 참 쉽지 않은 게 현실이니까. 그렇다고 도전을 포기하라는 뜻은 아니다. 그 외 분야의 책들은 저자의 인지도가 그리 중요하지 않다. 그 대신 마케팅이 더 중요해진다.

잘 팔리는 책에는 언제나 그에 합당한 이유가 존재한다. 내용이 정말 좋거나, 타이밍이 기가 막히거나, 책의 때깔이 완전 멋지거나, 콘셉트가 아주 참신한 등등……. 이 모든 요소를 극대화시켜주는 게 바로 '마케팅'이다. 마케팅은 타고 있는 불에 기름을 들이붓는 역할을 한다.

책이 나오기 전부터 무조건적으로 마케팅전략을 세우던 예전과

달리 요즘은 책 출간 전에는 기본 마케팅만 벌이고 출간 후 초기 판매량을 보면서 어느 정도의 마케팅을 진행할지를 결정한다. 즉, 마케팅은 책의 운명을 좌우하는 전부는 아니지만, 베스트셀러 효과를 극대화할 중요한 요소임에는 분명하다. 요즘에는 특히 홍보 위주의 마케팅이 중시되고 있다.

유명 작가들의 재밌는 소설을 만나볼 유일한 기회가 책이었던 시대에는, 콘텐츠만 좋으면 가만히 놔둬도 사람들이 알아서 책을 사갔다(그 시절이 정말 그립다). 하지만 지금은 그렇지 않다. 모든 정보를 책을 통해 찾고, 숨겨진 사실을 보도하는 기능을 책이 담당하면서, 정말 좋은 책도 마케팅을 제대로 하지 않으면 팔리지 않는 게 현실이다. 콘텐츠에 정말 자신이 있다면 오히려 초반에 전투적으로 마케팅을 통해 불을 붙여야 한다.

게다가 출판 마케팅은 다른 상품 분야와는 그 특성이 많이 달라 마케터들의 역량이 매우 중요하다. 다른 업계에 있다가 출판을 경험하고는 도로 떠난 한 마케터는 "출판 마케팅은 신의 영역"이라고 말했을 정도다.

이는 독자들의 변덕스러운 마음을 종잡기가 참 힘들기 때문이기도 하다. 그럼에도 언제나 승승장구하는 혹은 기본 이상을 하는 마케터들이 분명 있다. 그들은 오랜 시간 출판업에 종사하며 내공을 쌓은 사람들로, 책이 실물로 만들어지기 전부터 '이 책을 어떻게 팔 것인가'에 대해 각종 전략을 세운다. 이처럼 정성을 쏟고 최선을 다한 일은 반드시 좋은 결과로 우리에게 되돌아온다.

마케팅을 베스트셀러의 5가지 조건 중 하나로 넣은 것은, 마케팅

없이 베스트셀러가 되기란 정말 힘든 시대가 되었기 때문이다. 적절한 타이밍과 함께 잘 짜인 마케팅전략은 베스트셀러의 단단한 기반이 된다.

# 저자의 인지도는
# 마케팅의 한 요소다

내가 지금까지 '누구나 책을 쓸 수 있다'고 주장했기 때문에 다섯 번째 요소를 보고 의아하게 여길 사람도 있겠다. 하지만 저자의 인지도는 사실 '베스트셀러'의 중요한 요소다. 저자가 유명인이거나 이미 여러 권의 도서로 집중을 받은 사람이라면 계속해서 베스트셀러 작가가 되는 일은 좀 더 쉽다. 이미 유명한 사람이 책을 쓰는 경우 그 책이 베스트셀러가 되기가 더 쉬운 이유는, 작가 자체가 이미 마케팅 요소이자 홍보 수단이 되기 때문이다. 텔레비전, 라디오, 언론 등의 매체를 통해 자신의 콘텐츠를 살짝 이야기하는 것만으로도 충분히 홍보 효과가 있다. 책을 직접적으로 언급하는 게 아니라 그저 자신의 강점이나 자신의 경험을 이야기한 것뿐이지만 사람들은 그에 대해 더 많이 알고 싶어서 혹은 그 사람이 좋아서 책을 사고 그와 관련된 이야기들을 찾아본다.

그래서 저자의 인지도는 매우 중요하다. 즉, 베스트셀러 작가는 누구든 도전해볼 수 있는 과제이지만, 인지도가 높을수록 그 대열의 우위에 설 수 있다.

Part 2

책은 어떻게 만들어지는 걸까?

**4장**

# 기획부터 출판까지,
# 책쓰기에 필요한 16가지 과정

이번 장에서는 책을 쓰고 싶은 사람들이 가장 궁금해하면서도
제대로 알지 못하고 있는 유용한 정보를 적어보려고 한다.
사실, 이 내용은 '책쓰기' 관련한 몇몇 도서에도 언급되었는데,
제임쓰양의 팁은 그에 비해 훨씬 적나라하고 실질적일 것임을 자부한다.
책을 쓴다는 것은 많은 시간과 비용, 또 노력과 의지가 소요되기 때문에
허울 좋은 말로 대충 설명하고 넘어갈 수 없다.
하나하나 깨알같이 당신의 책쓰기에 적용할 생생한 팁이 될 테니,
필요하다면 밑줄 쫙쫙 그어가며 공부하길 바란다.

# 첫 단추도 잘못 끼워놓고
# 옷맵시를 운운하면 안 되지

무슨 일이든 시작은 참 중요하다. '첫 단추를 잘 끼워야 한다'는 말이 너무 흔해 감흥이 없는가? 그런데 이 말은 정말 중요한 의미를 담고 있다. 아무리 작은 일이라도 순서에 맞게 차근차근 밟아나가는 사람과 그렇지 않은 사람, 둘의 가장 큰 차이는 바로 결과다. 시작은 경미한 차이였을지 모르나 나중은 나비효과처럼 큰 차이를 보인다.

첫 단추를 잘못 끼워놓고 옷맵시를 운운하지 말라는 건 책쓰기에 꼭 맞는 말이다. 흔히 '책쓰기'라고 하면 단순히 '작문'이라고 여기기도 하는데, 이는 틀린 생각이다. 책을 쓴다는 건 독자들과 소통하는 하나의 창구를 여는 동시에 내 삶의 일부분을 꺼내어 작품화하는 소중한 과정이다. 소중한 만큼 그 작업은 그리 간단하지 않다. 글만 잘 쓴다고 되는 일도 아니요, 돈이 많다고 해서 쉽게 해결되는 일도 아니다. 어떤 사람은 책이 나오고 난 후에야 비로소 '이럴 줄 알았으면 좀 더 신경 써서 만들걸' 하고 후회하는데 때는 이미 늦었다. 제대로 가야 빨리 갈 수 있고 잘 갈 수 있다. 틀린 방향을 잡았다면 열심히 할수록 손해만 볼 뿐이다.

그래서 이번 장에서는 책을 쓰고 싶은 사람들이 가장 궁금해하면서도 제대로 알지 못하고 있는 유용한 정보를 적어보려고 한다. 사실, 이 내용은 '책쓰기' 관련한 몇몇 도서에도 언급되었는데, 제임쓰양의 팁은 그에 비해 훨씬 적나라하고 실질적일 것임을 자부한다.

책을 쓴다는 것은 많은 시간과 비용, 또 노력과 의지가 소요되기 때문에 허울 좋은 말로 대충 설명하고 넘어갈 수 없다. 하나하나 깨알같이 당신의 책쓰기에 적용할 생생한 팁이 될 테니, 필요하다면 밑줄 쫙쫙 그어가며 공부하길 바란다.

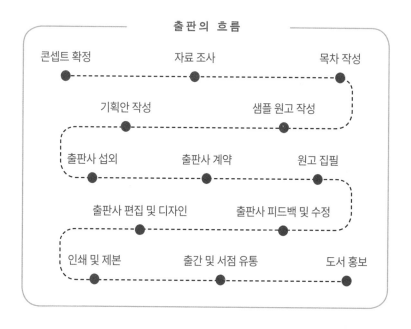

출판의 흐름

콘셉트 확정 — 자료 조사 — 목차 작성
기획안 작성 — 샘플 원고 작성
출판사 섭외 — 출판사 계약 — 원고 집필
출판사 편집 및 디자인 — 출판사 피드백 및 수정
인쇄 및 제본 — 출간 및 서점 유통 — 도서 홍보

앞의 표는 출판의 흐름을 정리한 것이다. 많은 사람이 책이 탄생하는 과정을 잘 모른다. 그래서 저자이면서도 출판사와의 소통에 어려움을 겪기도 한다. 이 흐름을 잘 파악해둔다면 앞으로 책을 쓰는 과정이 훨씬 수월해질 것이다. 출판의 흐름 도표 한 단계 한 단계를 세세하게 설명할 테니 충분히 숙지하여 자기 것으로 만들어보자.

## 1단계
## 책의 주제 정하기

책은 세상과 소통하는 창구라고 했다. 그렇다. 책은 저자와 독자가 만나는 길이다. 저자는 책이라는 매체를 통해 불특정 다수에게 자신이 하고 싶은 이야기를 건네고, 독자는 수많은 이야기 중 자신이 만나고 싶은 저자의 것을 선택한다. 따라서 저자는 가장 먼저 '어떤 주제로 세상과 소통할까'를 정해야 한다. 주제를 정하지 않고 글을 쓴다는 건 나침반 없이 바다를 항해하는 것과 같다. 실컷 하고 싶은 이야기를 열심히 썼는데, 읽어보면 무슨 이야기를 하는지 그 핵심이 파악되지 않는 글이 되고 만다. 이는 첫 단추를 잘못 끼웠기 때문이다.

'주제 정하기'는 책쓰기의 첫 번째 단계로, 내가 가장 잘하는 것과 나의 강점은 무엇인지, 또 내가 어떤 색깔의 옷을 입으면 가장 잘 어울리는지와 관련이 있다. 건축에 비유한다면 '설계도'에 해당한다.

아무리 뛰어난 건축가이고 또 구하기 힘든 좋은 자재를 갖고 있더라도 설계도가 없으면 제대로 된 집을 지을 수 없다.

주제를 정하는 일은 간단하지 않다. 엄청난 고민이 필요한 단계이다. 나의 경우, 오랫동안 책 관련 일을 해왔고 몇 년 전부터는 책 속에 파묻혀 살다시피 했다. 기획한 책 중 다수가 베스트셀러를 기록한 후에야 비로소 내가 기획 분야에 꽤 소질 있으며 그 일 자체가 나에게 엄청난 에너지가 된다는 걸 깨달았다. 기획한 책이 베스트셀러가 되어 평범한 사람들이 유명해지는 것을 지켜보면서, 또한 내용은 좋지만 제목이나 카피 때문에 빛을 보지 못했던 책들에 새로운 옷을 입혀 내보내 대박 상품으로 재탄생하는 것을 지켜보면서 희열을 느꼈다. 그러는 사이 주변에서 "내 책을 쓰고 싶은데요" 하며 사람들이 하나둘 나에게 모여들었고, 나는 어느새 베스트셀러를 기획해주는 사람이 되어 있었다.

그래서 강연의 주제도 '베스트셀러 만들기'로 잡았다. 자신의 이야기를 책으로 엮기 원하는 많은 독자와 소통하고 싶었고, 그들에게 내가 아는 좋은 정보를 제공해주고 싶었다. 독서의 소중함과 책쓰기의 기쁨을 말해주고 싶었다.


자, 이제 당신에 대해서 생각해보자. 요즘 어떤 부분에 관심을 두고 있는가? 스스로 어떤 점에 자신이 있는가? 혹시 콤플렉스가 있는가? 있다면 그것을 어떻게 극복했는가? 당신의 직업은 무엇인가? 여행한 곳 중 기억에 남는 곳이 있는가? 꼭 들려주고 싶은 여행담이 있는가? 매우 특이한 경험을 겪은 적 있는가? 독특한 취미생활이 있는가?

이 모든 것이 당신 책의 주제가 될 수 있다. 가장 첫 단추는 바로 '주제를 정하는 것'임을 기억하고, 주제부터 정해보자. 그리고 여기에 적어보자. 시간이 좀 걸려도 좋다. 첫 단추가 잘 끼워져야 그다음 일도 척척 풀릴 테니까.

---

**써 보 기**

**내 책의 주제는** _____

_____

_____**이다.**

혹은

**나는** _____

_____

_____**에 대해 책을 쓸 것이다.**

---

## 2단계
## 저자소개 만들기

일명 '자기소개하기' 단계다. 당신이 쓴 책이 출판사로부터 선택
된다면 담당 편집자는 당신의 글에 맞는 그럴듯한 소개글을 써줄 것
이다. 하지만 우선 그 선택의 단계까지 매끄럽게 갈 수 있도록 '나'
를 어필하는 것은 매우 중요하다. 저자소개를 쓰라고 하면 "나는 학
벌도 별로고 내세울 게 아무것도 없는데 뭘 써야 하죠?"라고 묻곤
한다.

저자소개는 이력서와는 다르다. 이력서에는 내가 지원하는 업무
에 관련된 모든 이력과 인사 담당자가 플러스로 간주할 만한 모든
특이 사항을 적어야 하지만, 저자의 소개글은 좀 다르다. 자신의 프
로필을 어필하기 위해 학벌이나 연구 성과, 미디어에 소개된 이력들
을 나열하면 도움 될 것이다. 소설가나 예술가의 경우 기존 출간작
이나 현재의 작품 활동을 중심으로 적는 것도 좋다.

그런데 이런 게 없는 경우는 어떻게 해야 할까? 내가 만약 당신과 이야기하는 중간에 "당신에 대해 소개를 좀 해주세요"라고 요청한다면 무슨 이야기를 하겠는가? 더욱이 내게 좀 잘 보이고 싶은 상태라면 말이다. 자기소개는 약력을 나열해도 좋고 이야기 형식으로 나의 히스토리를 적어도 무방하다. 나는 어디에서 태어났고, 어떻게 자라났으며, 지금은 어떤 일을 하고 있고, 어떻게 이 책을 쓰게 되었는지 등등 책의 주제와 내가 어떤 관련이 있는지를 적어도 좋다. 다소 주관적이긴 해도 요즘은 '솔직담백'한 소개를 담은 저자소개도 효과를 보고 있다.

글을 쓰고 읽기를 좋아하는 평범한 여성입니다. 광고 카피 쓰는 일을 하고 있지만 아직 일류는 아닙니다. 하지만 워낙 엉뚱해서 일류가 될 가능성도 있다고 생각합니다. 꿈이 있다면, 게으르지만 능력이 뛰어난 카피라이터가 되는 것입니다. 이 책은 일상 속에서 반짝이는 아이디어를 찾고 싶어 하는 모든 기획자를 위해 썼습니다. 홍대의 별이 잘 보이는 작은 옥탑방에서 살찐 고양이 두 마리가 사는 집에 얹혀 살고 있습니다.

저자소개를 보니, 왠지 이 책에는 엉뚱한 저자의 톡톡 튀는 기획법이 들어 있을 것만 같다. 저자소개도 책의 한 부분으로서 매우 중요한 역할을 하기 때문에 좀 어렵더라도 한 번쯤 꼼꼼히 정리해두면 좋다. 보통 저자소개는 책의 날개에 실리는데, 여러 분야의 책을 살펴 자신의 책에 가장 어울린다고 생각하는 소개 형식에 자신의 소개를 담아보는 것도 도움 될 것이다. 다음에 한번 적어보자.

## 써 보기

나는, _____

_____

_____

_____

_____

_____

_____

_____

_____

_____

_____

_____

_____

_____

_____

_____

_____

_____

_____

_____ 이다.

## 3단계
## 내 책의 콘셉트 잡기

강의에서는 이 세 번째 단계를 '제목 짓기'라고 말하는데, 여기서는 조금 더 이해하기 쉽도록 '콘셉트 잡기'라고 적었다. 두 개가 같은 거냐고? 그렇다.

제목을 짓는다는 것은 곧 책의 콘셉트를 잡는 일과 같다. 물론 이때 지은 제목이 최종적으로 선택받지 못할 수도 있지만, 가능한 한 자신이 생각한 주제에 가장 적합하다고 생각하는 제목을 정하고 출발하는 것이 좋다. 확정된 제목이 아니기 때문에 이를 '가제'라고 부르는데, 가제를 잘 잡는 것도 베스트셀러로 가는 지름길일 수 있다. 책의 콘셉트가 그만큼 명확히 정해진 셈이니, 내용을 전개해 나아갈 때에도 주제를 향한 정확한 표현들이 훨씬 더 나올 수 있다.

제목은 책의 운명을 좌우한다고 해도 과언이 아닐 만큼 중요하다. 보통 우리가 책을 살 때 가장 먼저 보는 게 바로 표지와 제목이다. 그

걸 보고 끌려야 비로소 목차도 보고 저자소개도 보고, 그런 다음에야 지갑을 연다. 즉, 그만큼 제목은 자신을 나타내는 얼굴이라고 할 수 있다.

당신은 앞에서 '제목 짓기의 달인'이라는 제임쓰양의 노하우를 전수받았다. 계속해서 스스로 훈련해보고 좋은 제목들을 접하며 연구하다 보면, 언젠가는 당신도 달인이 될 수 있다.

제목과 가제는 다를 수 있다. 일단 세 번째 단계에서의 핵심은 바로 콘셉트를 정하는 것이다. 콘셉트란 자신이 쓰고자 하는 책의 '색깔'을 의미한다.

예를 들어《나는 알바로 세상을 배웠다》의 경우 주제는 20대 동안 안 해본 아르바이트가 없을 만큼 많은 '아르바이트를 하면서 배운 인생'이고, 콘셉트는 저자가 '아르바이트를 하면서 만난 사람들과 깨달은 인생의 교훈들을 같은 시간을 지나고 있는 사람들에게 들려주는 자기계발서'이다. 인생을 어떻게 살아야 하는지에 대한 정답은 없겠지만, 어린 나이에 혹독한 사회 속에서 이리 치이고 저리 치이면서 얻은 인생 경험을 담은 '인생사용설명서'로서의 내용이 꽤 담겼을 것이다. 이 책은 가제가 최종적으로 제목이 된 경우인데, 제목에 이미 책의 콘셉트가 모두 담겨 있다.

이 책은 출간된 지 1주일 만에 교보문고 자기계발 분야 1위를 차지했고, 저자는 자신의 책이 베스트셀러가 되자 잊지 않고 자신의 페이스북에 감사의 글을 남겼다. 알바천국의 공선욱 대표가 이 책을 읽고 작가에게 격려와 고마움을 담은 메일을 보내오기도 했다.

책의 콘셉트 역시, 주제와 매우 관련성이 깊다. 나는 누구이며 어떤 주제로 글을 쓸 것인지가 콘셉트의 대부분을 결정하기 때문이다. 주제에 따라서 책의 성격이나 색깔이 완전히 달라지기도 한다.

만약 당신이 30대 중반의 여성인데, 꽃꽂이를 좋아해 플로리스트 자격증을 보유하고 있다고 하자. 게다가 여행을 좋아해서 해외에 나갈 때마다 가드닝(정원 만들기)에 대한 사진을 담아 왔다면 당신은 어떤 책을 쓰는 게 좋을까? 꽃을 매개로 바쁘고 지친 사람의 마음에 힐링을 주는 에세이. 이건 어떨까? 내 집에 작은 정원을 만드는 가드닝 실용서를 만들 수도 있겠다. 이것이 바로 책의 콘셉트이다. 책의 콘셉트를 잡는 방법 또한 뒤에서 더 자세히 다루겠다.

자, 그럼 이제 앞에서 정한 당신 책의 주제에 맞춰 콘셉트도 한번 적어보자.

---

**써 보기**

내 책의 가제는 _____

_____

_____ 이다.

그리고

내 책의 콘셉트는 _____

_____

_____하는 책이다.

## 4단계
## 내 책의 타깃 정하기

사실, 타깃 설정은 주제와 콘셉트를 정하는 과정에서 동시에 진행되어야 한다. 내가 쓰는 책이 누구를 향한 것인지도 모른 채 글을 쓰면 나중에 책이 갈 곳을 잃고 표류한다. 아무도 읽어주는 사람이 없기 때문이다. 일전에 어떤 사람이 '소설 같은 에세이'라며 책을 출간했는데, 책은 너무 예쁜데 도통 안 팔려서 고민이라고 하소연한 적이 있다. 소설을 좋아하는 독자와 에세이를 좋아하는 독자는 엄연히 다른데, 장르부터 일단 불명확했다. 또한 책의 표지나 제목은 10대들이 볼 것처럼 되어 있는데 내용은 30대를 향하고 있었다. 그러니 독자들로부터 외면을 받을 수밖에!

책의 타깃은 좁고 명확할수록 좋다.

"그럼, 베스트셀러가 되기 힘들지 않나요?"

전혀, 그렇지 않다. 한동안 출판 시장을 강타했던 《아프니까 청춘

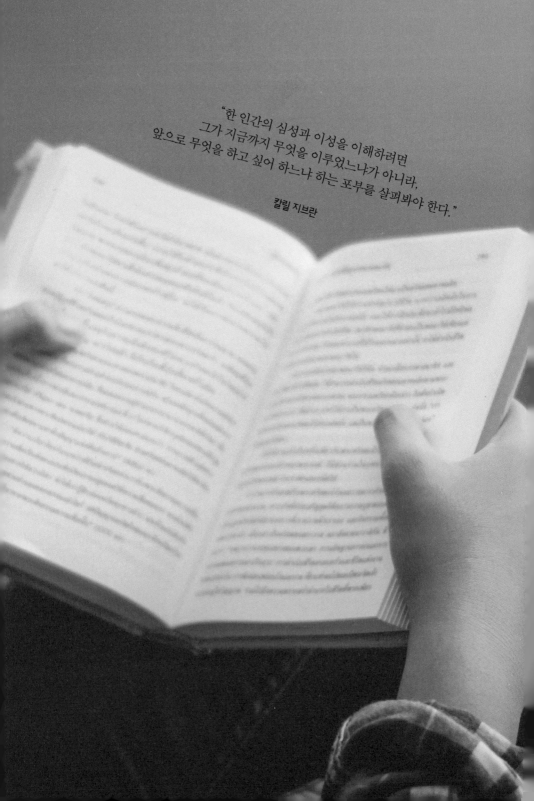

"한 인간의 심성과 이성을 이해하려면
그가 지금까지 무엇을 이루었느냐가 아니라,
앞으로 무엇을 하고 싶어 하느냐 하는 포부를 살펴봐야 한다."

칼릴 지브란

이다》는 어떻게 베스트셀러가 되었을까? 그 타깃은 상처받은 20대들을 위한 것이었고, 대학교수인 저자가 자신의 학생들과 소통하면서 쓴 글이기에 더 좁게는 대학생들을 위한 책이었다. 하지만 200만 부가 팔린 그 책의 독자는 비단 청춘들뿐이었을까? 처음엔 20대로부터 시작했을지 모르지만, 당시 20대가 아닌 나도 그 책을 읽었으니 아마 10대부터 50대 이상까지 그 독자는 확산되어갔을 것이다.

타깃을 명확하게 정해야 하는 이유는 글을 쓸 때 주제를 더욱 명확히 할 수 있기 때문이다. 문체 또한 타깃에 따라 달라질 수 있다. 후배에게 들려주는 조언인지, 30대 직장인들에게 해주는 따끔한 충고인지, 상처받은 여성들에게 건네는 따뜻한 위로인지……. 타깃에 따라 전혀 다른 방식으로 글이 쓰일 수 있기 때문에 타깃을 명확히 해야 한다. 타깃은 꼭 연령대로 나누지 않아도 좋다. 이 책이 '자신의 책을 쓰고 싶어 하는 사람들'을 타깃으로 삼은 것처럼 말이다.

자, 그럼 이번에도 한번 적어볼까? 당신 책의 타깃은 누구인가?

---

**써 보기**

내 책의 타깃은 _____

_____

_____**이다.**

# 5단계
# 시장 조사와 유사 도서 검색하기

책쓰기란 내가 쓴 글들을 엮어 작은 문집을 만드는 것과는 그 의미가 다르다. 물론 당신의 목적이 '전업 작가'가 되는 게 아닐지도 모른다. 하지만 적어도 '잘 팔리는' 혹은 '사람들이 좋아하는' 책을 쓰겠다면, 앞의 4단계와 함께 다음의 사항을 유념해야 한다.

내가 정한 주제와 콘셉트의 책이 과연 시장에서 먹힐 것인지?

트렌드에 적합한지?

경쟁 도서나 유사 도서에는 어떤 것이 있는지?

이 정도는 알고 시작해야 한다. 우리가 쓴 책은 출판사에 투고할 것이며, 출판사를 통해 제작되어 서점에 진열될 것이다. 따라서 출판사가 선택할 만한지, 독자들이 사고 싶어 할 만한지, 독자들이 읽고 싶어 할 만한지를 사전에 면밀히 따져보아야 한다.

주제를 정하는 것은 다분히 주관이 담기지만, 그것이 시장에 잘 맞는지는 베스트셀러 목록이나 관련 분야의 도서들을 살펴 파악해볼 수 있다. 예컨대 집에 작은 정원을 만드는 팁을 담은 실용서를 만들고 싶다면, '과연 시장성이 있을까?'를 따져야 한다.

비슷한 책을 찾아보니 이미 출간된 도서도 있고 판매지수가 그리 높지는 않지만 마니아들도 있어 보인다.
요즘에는 작은 공간을 활용하는 인테리어가 유행이니 주제 자체는 꽤 트렌디하다.
단, 예전 책들은 디자인이 참신하지 못하고 글도 방법을 설명하는 데만 그치고 있어 별로 재미가 없다.

이런 판단이 섰다면 요즘 추세에 잘 맞는 주제임을 알 수 있다. 또한 기존의 책에서 부족한 점을 발견했으니 이를 보완해야 한다.

분명 나만의 작은 공간에 정원을 만들어 꽃으로 힐링한다는 콘셉트는 참좋다. 그런데 그걸 그냥 말로만 설명하기보다는 예쁜 사진과 설명, 그리고 그와 관련된 에피소드를 에세이로 녹여내면 훨씬 재미있을 것이다. 꽃이 어떻게 사람의 마음을 치유하는지 그런 이야기가 들어가는 것도 좋겠다.

시장 조사는 단순한 '책쓰기'에서 '베스트셀러 책쓰기'로 가기 위한 중요한 과정이다. 같은 주제라도 트렌드 및 경쟁 도서들의 성향을 분석해서 좀 더 완성도 있고 핫하게 만들 수 있기 때문이다.

당신 책에 대해서도 시장 조사를 한번 해보자. 어떻게? 온라인 서점과 온라인 서칭을 통해 쉽게 알아볼 수 있다. 주제나 소재와 관련된 키워드 검색을 통해 유사 도서나 경쟁 도서엔 어떤 것이 있는지도 반드시 검색하자. 내 책이 다른 책에 비해 경쟁력이 있는지, 차별점은 무엇인지 정확하게 분석해야 베스트셀러의 조건을 갖출수 있다.

여기서 중요한 사실 하나! 자신이 쓰고자 하는 책과 같은 장르의 책을 많이 읽어야 한다. 특히 잘 쓰인 책을 많이 읽는 건 큰 도움이 된다. 소문난 잔치에 먹을 것 없다고, 엄청난 판매량을 자랑하는 도서라도 간혹 대실망을 안겨주는 경우가 있지만, 입소문이 나서 독자들로부터 사랑받은 책들에는 다 그만한 이유가 있다. 그리고 '모방만큼 훌륭한 스승은 없다'고 책쓰기가 막막하다면 일단 주제와 콘셉트는 정했으니 경쟁 도서를 많이 읽어보는 것이 확실히 도움 된다.


종종 '정말 괜찮은 제목'이라고 확정했는데, 인쇄 직전에 같은 제목을 발견하는 황당한 경우도 있다. 설마? 그 설마가 사람 잡는다. 같은 제목이 있는지를 확인하는 단순한 과정을 무시한 것이다.

가제를 정했다면 동일한 제목이나 비슷한 제목으로 검색되는 책이 있는지, 있다면 얼마나 팔렸는지 조사해봐야 한다. '사랑'이나 '우정', '편지' 등의 짧은 명사형 제목은 얼마든지 있을 수 있지만 서술형 제목이나 문장형 제목은 시비의 소지가 될 수 있다. 이 검색 단계에서 타깃이 명확하지 않거나 시장성이 없다고 판단된다면 1단계나 2단계로 돌아가 새롭게 고민하는 시간을 가져야 한다. 나 혼자만 읽을 책을 만들 것이 아니라면 각 단계에 충실해야 한다는 점을 기억하자.

이번에도 적어보자. 덧붙이자면, 경쟁 도서란 당신의 책이 출간되었을 때 같은 판매대에 놓여 순위를 다투어야 하는 도서를 의미한다. 또한 유사 도서란 당신이 쓰고자 하는 책과 콘셉트, 주제, 분야, 형식 등이 비슷한 모든 책을 의미한다.

---

**써 보 기**

내 책은 _____이유로 트렌드에 잘 부합하며,

내 책의 유사 도서에는

_____

_____

_____

_____등이 있고,

내 책의 경쟁 도서에는

_____

_____

_____

_____등이 있다.

---

# 6단계
# 자료 조사하기

공부를 잘하는 사람들에게는 한 가지 공통점이 있다. 바로 '복습' 보다는 '예습'을 더 중시한다는 것이다. 한 번 배운 것을 다시 들여 다보는 게 왠지 더 좋지 않을까 싶지만, 진짜 공부를 잘하는 친구들 은 예습에 매달리고, 필요한 것들을 미리 준비해둔다고 한다. 이런 준비를 통해 수업을 들을 때 남들보다 두 배로 흥미를 느끼고, 미리 준비한 것들을 100퍼센트 이상 활용하기 위해 더 적극적으로 수업 에 임한다는 것이다.

어쨌든 평소 준비를 잘하는 사람을 이길 수는 없다. 책쓰기도 마 찬가지다. 당신도 나도 하루에 몇 시간씩 집중해서 내가 하고 싶은 이야기를 문장으로 술술 풀어낼 수 있는 작문가가 아니다. 아무리 내가 좋아하고 잘하고 또 오랫동안 해왔던 것을 주제로 잡았다 해도 그것에 대해 아무런 자료도 없이 책 한 권을 채울 수는 없다. 그래서 사전 조사가 필요하다. 이는 일종의 예습과도 같은 것인데, 이 예습 내용이 본격적으로 책을 쓸 때 실질적인 바탕이 되므로 꼼꼼하게 많이 할수록 좋다.

나도 이 책을 쓰기 위해 책쓰기, 글쓰기, 출판사에 원고 투고하기, 제목 잡기, 기획법 등에 관련한 많은 책을 자료로 삼았다. 그 책들을 인용한다거나 그 내용들을 토대로 삼아 이 책을 쓰기 위해서가 아니라, 적어도 다른 저자들은 어떻게 책쓰기를 했고 어떻게 성공했는지를 충분히 들여다보는 시간을 갖기 위해서였다. 또한 내가 쓰려고 하는 내용과는 어떤 점이 다르고 내가 배울 점은 무엇인지 알게 되었으며, 그것들 중 내 책에 꼭 인용하면 좋은 것들도 조금 건질 수 있었다. 더불어, 책이 꼭 '사실'만을 담아야 하는 건 아니지만 혹시 내가 알고 있는 것이 잘못된 정보인지, 사실과 다르게 써서 문제가 될 것은 없는지 등을 점검해볼 도구가 되었다.

책을 쓰겠다고 마음먹었다면 지금 당장 서점으로 달려가라. 당신이 정한 주제의 책들을 최소 20~30권 정도는 사서 읽어보자. 그 책들의 장단점을 분석해 내 생각을 집어넣고 조합하여 재창조하면, 그것이 바로 책이 되는 것이다. 우리가 잘 아는 공병호, 이지성, 채사장 같은 유명한 저자들도 책 한 권을 쓰기 위해 같은 분야의 책 수십 권을 읽고 분석하고 참조하고 모방해서 재창조했다.

하나의 주제로 이야기를 풀어나가려면 내 안에서 나오는 이야기만으로는 부족할 수 있다. 음식을 만들려면 그에 맞는 충분한 재료가 있어야 하지 않겠는가. 꽃꽂이를 20년 동안 해왔더라도 그에 관련된 논문, 책, 기타 자료들을 수집해 준비한다면 확실히 좀 더 완성도 있고 내용이 풍성한 책을 쓸 수 있다.

자료는 부족한 것보다 넘치는 게 낫다. 주제를 정하고 콘셉트까지 정했다면 내가 쓰려고 하는 책과 관련해 도움 될 만한 자료를 충분히 조사해두자.

# 7단계
# 목차 작성하기

2018년 여름은 유난히 더웠다. 더위로 쓰러진 사람들이 속출했고, 에어컨이 있는 곳을 벗어나면 곧바로 짜증이 폭발할 정도의 무더위가 오래 지속됐다.

더위를 많이 타지 않는 나도 꽤 고생했다. 그래서 이번 여름에 서점을 더 자주 들락거렸다. 서점은 참 좋은 장소이다. 더위도 피하고 좋은 책도 볼 수 있으니 말이다. 날씨가 너무 더워서인지 서점을 찾는 사람이 예년보다 꽤 많았다.

한창 고전에 빠져 있었기에 그날도 어김없이 서점에 들러 고전 판매대 앞에서 새로 나온 책들을 살펴보고 있었다. 그런데 내 바로 앞에 엄청나게 아름다운 뒤태를 가진 여자가 책을 보며 서 있는 게 아닌가. 꼿꼿한 허리, 반듯한 자세, 마치 무용수인 듯 몸이 바르고 예뻤다. 텔레비전에 나오는 배우들처럼 전형적인 미인의 얼굴은 아니었지만, 골격이 곧고 자세가 바르니 전체적인 이미지가 정말 아름다웠다. 하얀 티셔츠에 청바지만 입었을 뿐인데, 화려한 드레스를 입은 것보다 더 예뻐 보였으니, 사람의 골격이 얼마나 중요한가.

한눈에 반한 여자 이야기를 하자고 이 얘기를 꺼낸 것은 아니다. 7 번째 단계는 바로 '목차 잡기'다. 책의 목차는 몸의 뼈대와 같다. 사람의 몸은 골격이 반듯하고 자세가 좋아야 몸매도 아름답게 형성되고 살도 예쁘게 붙고 옷발도 잘 받는다. 목차도 마찬가지다. 목차가 반듯하게 나와야 옆으로 가지를 잘 칠 수 있고 살을 붙이기도 쉽다. 실제로 기획·편집자들은 초기에 책 목차를 만드는 데 가장 많은 시간을 할애하는데, 목차만 완성되어도 책의 50퍼센트는 쓴 것이나 다름없기 때문이라고 한다.

목차는 내가 말하고자 하는 주제와 콘셉트에 맞춰 일목요연해야 한다. 아무리 매력적인 내용이라도 목차에서 그것이 잘 드러나지 않으면 독자들로부터 공감을 얻기 힘들다.

그런데 한 번도 책을 써보지 않은 사람들이 목차를 잡기란 쉬운 일이 아니다. 어디서부터 어떻게 시작해야 할지 막막하다. 그래서 목차를 잡는 것은 연습이 필요하고, 당연히 시행착오도 겪을 수 있다. 처음에는 대략적으로 내가 쓰고자 하는 내용의 뼈대를 만든다는 생각으로 잡은 후 조금씩 다듬어가는 게 좋다. 몇 번 다듬는 과정을 거치다 보면 최종적으로 책의 내용을 가장 잘 표현하는 목차가 만들어질 것이다.

목차는 출판사에 당신의 책을 투고하기 위해 쓰는 기획안 속에 잘 담겨 있어야 한다. 편집자가 그 목차를 보고 전체적인 내용을 대략

파악할 수 있기 때문에 중요하다. 목차를 잡는 구체적인 방법은 6장에서 더 깊이 다루기로 한다.

# 8단계
# 홍보전략 세우기

"내가 마케터가 아닌데 어떻게 홍보전략을 세우나요?"

마케팅에 대한 이야기는 이 장의 마지막 단계에서 다시 하겠지만, 일단 기획안을 작성하기 위한 마지막 단계로 홍보전략 세우기를 알아보자. 책을 쓰고 싶어 하면서도, 그 책을 어떻게 팔 것인지 또 잘 팔 수 있을지를 생각해보지 않는 것은 굉장히 무책임한 행동이다.

책은 특별한 능력을 가진 사람이 아닌 누구나 쓸 수 있는 것도 사실이고 꿈을 이루기 위한 과정인 것도 맞지만, 하나의 상품이자 작품으로 시장에 나가는 것이므로 홍보와 마케팅은 필수다. 오랫동안 공들여 열심히 만든 책이 팔리기는커녕 서가에만 꽂혀 있다면 책을 쓴 저자도 속상하고 출판사도 힘들다.

과거엔 유명 저자와 계약하기 위해 출판사 직원이나 대표가 저자의 집 앞에서 몇 날 며칠을 기다리기도 하고, 미리 돈 보따리를 싸들고 찾아가기도 했다는데, 요즘은 그런 일이 흔하지 않다. 그만큼 베스트셀러를 보장하는 저자를 섭외하기가 힘들었다는 뜻이겠다. 그 저자들은 이미 독자들의 사랑을 받고 있는 터라 새로 책을 내면 어느 정도 판매가 보장된다고 본 것이다. 출판사도 책이 팔릴 가능성을 높게 보고 적극적으로 마케팅을 하는 것이다. 투자 가치와 가능성이 높으니 그만큼 많은 시간과 비용을 들이는 것이다.

하지만 요즘은 양상이 많이 달라졌다. 저자 계층도 '다양'하고 과거보다 훨씬 '다양'한 종류의 책이 '다양'한 형태로 쏟아져 나오기 때문에, 어떤 책이 베스트셀러가 될지를 짐작하거나 미리 계획하기가 만만치 않다. 게다가 독서 인구가 기하급수적으로 줄어들면서 판매 부수 자체에도 커다란 변화가 생겼다. 결국 이제는 책을 쓰는 저자들이 자신의 책을 판매하는 데 훨씬 더 적극적으로 활동해야 하는 시대가 온 것이다.

예전에는 '저자'라고 하면 '작가'와 동일시했지만, 이제 책을 쓰는 저자란 기획자이자 작가이자 마케터이자 강사의 마인드로 임해야 한다. 나 역시 내 책을 스스로 기획했고 한 땀 한 땀 썼다. 내 책과 관련해 강의 중에 홍보를 하고 있고 책이 출간되면 직접 몸으로 뛰며 판매에도 일조할 생각이다. 내 경우 우리 회사에 책 마케팅 관련 시스템이 있어서 그것을 적극 활용할 생각이고, 다양한 SNS와 커뮤니티 채널을 통해 내 책을 홍보해나갈 생각이다. 또한 기존보다 강의도 더 자주, 적극적으로 함으로써 나 자신뿐 아니라 출판사에도 이득을 가져다줄 수 있도록 노력할 예정이다.

이러한 홍보전략이 기획안에 담기면 편집자의 이목을 솔깃하게 만들 수 있다. 자신의 책을 얼마나 구매할 예정인지, 관련 분야에 대한 강연 계획이 있는지, 어떤 용도로 활용할 것인지, SNS 활동은 어떻게 할지, 팔로워가 몇 명인지 등을 구체적으로 작성하면 기획안이 선택되는 데 훨씬 도움 될 것이다. 물론 말로만 그쳐서는 안 된다. 예정한 홍보 활동과 약속을 잘 지켜 양치기 소년이 되는 일은 없도록 해야 한다.

책을 쓰겠다고 마음먹었다면, 저자로서 이 책이 나왔을 때 어떻게 홍보를 할 수 있을지 곰곰이 생각해보자. 여기 찬찬히 그 목록을 적어보자. 100퍼센트 이루어지지는 않을지라도 최소한 내가 할 수 있는 모든 것을 적는 게 좋다.

---

**써 보 기**

**나는 내 책이 나오면, 다음의 방법을 통해 홍보할 것이다.**

_____

_____

_____

_____

_____

_____

---

## 9단계
## 기획안 작성하기

'기획안'이라는 말만 듣고도 벌써 머리에 쥐가 나는가? 기획안은 베스트셀러 작가로 향하는 가장 기본적이고 필수적인 단계다. 기획안을 꼼꼼하게 잘 써야 베스트셀러 작가로 가는 길에 커다란 한 걸음을 내딛을 수 있다. 이혁백 저자는 《하루 1시간 책 쓰기의 힘》에서 이렇게 말했다.

"작가라는 단어를 한자로 풀어보면 作家가 된다. 이는 곧 '집을 짓는 사람'이라는 의미다. 쉽게 말해, 책을 쓰는 일은 집을 짓듯이 해야 한다는 말이다."

그는 집을 지을 때 기초공사를 언제 마칠지, 배관과 인테리어 공사는 언제 시작할지 등 각종 계획을 세세히 적어놓아야 한다고 말한다. 그래야 기한이 늘어지지 않고 정해진 날짜에 공사를 마칠 수 있다는 것이다. 나는 이와 더불어 기획안은 일정 준수에 대한 목표 그 이상을 담당한다고 생각한다.

지금껏 우리는 책을 쓰기 위한 기초 단계를 차근차근 밟아왔다. 기획안이란 그 내용들을 한 번 더 명확하게 정리하고 구성하는 일이다. 이 뼈대가 있으면 다음 단계부터는 한결 쉬워지며, 혹 중간에 책을 쓰면서 어렵거나 혼란스러움을 느껴도 쉽게 흔들리지 않는다. 살을 다시 붙이거나 옷을 새로 입히는 경우는 생겨도 뼈대가 흔들리는 일은 잘 없을 테니까 말이다.

아래는 출판사에서 흔히 사용하는 기획안의 한 종류다. 형식은 조금 다를 수 있지만 주로 이러한 흐름과 항목으로 구성되어 있으니 눈여겨보자. 이 기획안 양식에 당신이 지금껏 구상한 내용들을 어떻게 담으면 좋을지 한번 적어보자.

---

## 도서기획안

1. (가)제목:

2. 저자:

3. 핵심 콘셉트:

4. 분야 / 타깃:

5. 주요 내용:

6. 예상 목차 및 구성:

7. 차별화 지점 / 유사 도서 및 경쟁 도서:

8. 출간 시기 / 홍보전략:

---

우리는 이미 주제를 정했고, 가제와 콘셉트를 뽑는 연습을 해보았다. 그렇다면 이 기획안의 1번과 3번은 채울 수 있다. 그리고 '자기소개하기'를 통해 이력을 적어보았으므로 2번에 적으면 된다.

다음으로 분야와 타깃이다. 자신이 쓰고자 하는 것이 소설인지, 에세이인지, 자기계발서인지, 실용서인지 등을 적고, 명확한 타깃을 적으면 된다. 예를 들어 꽃꽂이 책을 기획했다면 4번에 '실용 에세이 / 20~40대 주부 〉 꽃을 좋아하는 사람들 〉 인테리어에 관심 있는 사람들' 정도로 정리할 수 있을 것이다. 타깃은 꼭 한 가지만 쓰지 않아도 된다. '① 〉 ② 〉 ③'의 순서로 점점 그 타깃을 넓혀가도 된다. 타깃을 넓힐수록 정확한 수요층은 줄어들기 때문에 우리는 이를 '확산 독자'라고 표현한다.

4번에서 내 책을 내줄 수 있는 출판사가 대충 정리된다. 모든 분야의 책을 출판하는 종합출판사라면 상관없겠지만 그렇지 않을 경우 자신들이 특화된(잘 팔 수 있는) 분야의 책을 선택할 테니, 투고했는데 선택되지 않았다고 해도 너무 상심할 필요는 없다. 물론 선택받지 못했다면 반드시 기획안을 점검해보아야 한다.

자, 이제 5번으로 넘어가자. '주요 내용'은 '줄거리 요약'과 같은 의미로, 줄거리를 더 요약해 단 몇 줄로 써넣어야 한다고 보면 된다.

"소설이 아닌데 줄거리 요약을 어떻게 하죠?"

할 수 있다. 책이 어떤 내용을 담고 있는지를 세세히 풀어주면 된다. 보통 투고를 할 때에는 책의 전체 내용을 다 보내지 않기 때문에 이 부분이 구체적으로 적혀 있으면 편집자가 내용을 파악하는 데 도움 될 것이다.

다음의 예시를 한번 보자. 꽃꽂이에 재능이 있는 한 사람을 계속 예시로 들고 있는데, 만약 그녀가 기획안을 쓴다면 어떤 내용이 들어갈까? 이렇게 쓰면 어떨까?

---

**예시**

이 책은 20년 동안 다양한 곳에서 꽃꽂이를 해온 플로리스트의 이야기를 담았다. 여행을 좋아하는 저자가 세계 곳곳을 여행하면서 본 독특한 정원들과 유럽의 집들 한구석에 꾸며놓은 작은 정원들을 찍은 사진을 함께 수록하고 그에 대한 이야기를 풀었다. 꽃이 얼마나 사람들의 마음을 기쁘게 하고 위로를 주는지, 지치고 힘든 일상 속에 나만의 작은 정원이 얼마나 힐링이 되는지를 담고 있다.

---

어떤가? 복잡하게 생각할 필요 없다. 그저 전체적인 내용을 잘 이해할 수 있도록 요약해서 쓰면 된다. 단번에 되지 않는다면 몇 번 연습하자. 잘 모르겠다면 제임쓰양에게 물어도 된다. 나는 언제나 당신의 도전을 응원한다.

6번은 내 책이 어떻게 구성되어 있는지를 한 번에 보여주는 항목이다. 이미 수집해놓은 자료를 통해 꼼꼼하고 일목요연하게 목차를 잡았다면 100점이다. 하지만 책을 집필하기 전에 목차가 완벽하게 떠오르지 않더라도 너무 걱정할 것 없다. 똑똑 떨어지는 목차의 형식이 아니라 전체적인 흐름을 보여주는 '구성'의 형식도 괜찮다. 성의 있게 쓰기만 한다면 충분하다.

7번의 '차별화 지점'에 대해 잠깐 언급하고 가겠다. 차별화 지점이란 말 그대로 내 책이 다른 책과 어떤 차별성을 지녔는가다. 내가 이 책의 서두에서 '남들과 같은 것'을 좋아하지 않는다고 했듯, 많은 독자가 비슷한 형태의 책에 이미 싫증이 나버린 상태이기 때문에 같은 주제라도 '내 책은 어떤 면에서 차별성이 있는지' 생각해보는 건 필수다. 그 차별화 지점은 향후 베스트셀러가 되느냐의 여부에도 매우 중요한 요소가 된다.

사람들은 자꾸 새로운 것을 찾고, 신선한 것을 읽고 싶어 한다. 특히 요즘은 '책을 좋아하는 사람'이나 '책을 필요로 하는 사람'만이 책을 읽는 시대가 되었기 때문에 더욱 그렇다. 그들의 구미를 당기는 제목인지, 그들에게 꼭 필요한 내용인지, 그렇다면 여타 책들과 어떻게 다른지, 콘셉트는 어떻게 다르고 어떻게 먹힐 만한지 등을 적어보자.

8번, 출간 시기와 홍보전략이다. 출간 시기는 내가 마음먹은 대로 되는 것은 아니지만, 대략적으로라도 예정일 혹은 희망일을 적어주는 게 좋다. 계속 강조했다시피 베스트셀러의 요건에서 중요한 요인 중 하나가 바로 '타이밍'이기 때문에, 내가 쓰고자 하는 책 주제와 콘셉트가 언제 나와야 가장 적격인지를 따져보고 그 일정에 맞춰 출간 예정일을 잡는 것이 좋다. 여행서라면 슬슬 방학이나 휴가를 준비하는 6월경이 좋겠고, 새로운 계획을 세우거나 결심을 다잡는 자기계발서라면 새해의 시작인 1월이나 그보다 조금 빠른 12월 말 정도가 좋다. 살을 빼거나 운동 계획을 세우는 시기도 연초이기 때문에 관련 책은 1월 출간이 적절할 것이다.

그렇다고 해서 원고도 한 장 나와 있지 않고 지금이 11월인데, 무턱대고 타이밍이 좋으니 12월에 책을 내겠다고 해선 안 된다. 책을 집필하고 편집하고 디자인하고 제작하는 데 소요되는 기본적인 시간이 있기 때문이다. 경우에 따라서는 좋은 제목을 뽑고 좋은 표지를 선택하느라 몇 달이 걸리기도 한다. 어쨌든 이혁백 저자의 말처럼 늘어지게 하지 않으려면 빡빡할 수 있더라도 미리 일정을 잡는 것이 좋다.

홍보전략도 앞서 이야기한 것처럼 '저자로서 내가 할 수 있는 것'들을 쭉 적으면 좋다. 실제로 내 책이 나왔을 때 구매 가능한 부수가 있다면 그것을 노골적으로 적어라.

'저자 구매 300~500부'.

물론 무리해서 적을 필요는 없다. 한 가지 분명히 알아두어야 할 것은, 콘텐츠도 안 좋은데 300~500부를 구입한다고 해서 출판사가 거기에 혹하지는 않는다는 것이다. 일단 콘텐츠가 좋아야 출판사에서 흥미라도 보인다.

자신의 책을 구매할 계획이 있다면 출판사에서는 마케팅 계획에 활용할 수 있기 때문에, 자신의 계획에 맞춰 구매 의사를 적어주는 게 좋다. 또 SNS를 활발하게 운영하고 있다면 노출 및 홍보 활동 계획도 적자. 실제로 도움이 되든 안 되든, 내가 할 수 있는 모든 걸 적어 출판사에서 어느 정도 예측 가능하게 해주는 게 필요하다.

여기까지 다 채웠다면 책쓰기의 커다란 그림 한 부분을 완성한 셈이다. 이제 다음 단계부터는 쭉쭉 넘어갈 수 있을 것이다. 이미 어려운 고비를 넘어왔기 때문이다. 다음 단계부터는 출판사가 해야 할 일도 꽤 많아지겠지만, 당신은 이 모든 과정의 핵심에 서 있어야 한다. 왜냐하면 이 책은 바로 '나의 책'이기 때문이다.

벌써부터 떨린다고? 그 마음 나도 잘 안다. 이 글을 쓰고 있는 이 순간에도 심장이 쿵쿵 뛰고 있으니까. 자, 함께 두근거리는 가슴을 안고 다음 단계로 넘어가보자.

## 10단계
## 샘플 원고 작성하기

샘플 원고는 목차 3개 분량만 쓰면 투고할 수 있다. 물론 전체 원고를 다 보내지 않으면 검토 대상에서 제외하는 출판사도 있다. 그런데 나는 책쓰기를 할 때 전체 원고를 다 쓰지 않았어도 출판사에 보낼 수 있다고 말한다. 그 이유는 이렇다. 어차피 우리가 쓴 원고 그대로 출판될 가능성은 매우 희박하기 때문이다.

때때로 핫한 트렌드에 맞춰 집필했더라도 그 내용이 완성되었을 쯤에는 출판의 흐름이 이미 바뀌었을 수 있다. 사람들이 유럽여행기를 좋아해서 책쓰기를 시작했는데 막상 마무리할 시점에는 포토 에세이 느낌의 '여행지'보다는 '감각'이 중요한 에세이가 인기몰이 중일 수도 있다. 그러면 출판사에서는 그런 흐름에 맞춰 집필 방향을 수정해줄 것을 원할 수 있다.

그리고 무엇보다 출판사에는 이미 오랜 경험을 축적한 전문 편집자들이 있기 때문에 그들의 조언에 귀를 기울여야 한다. 샘플 원고는 내가 쓰고자 하는 원고의 일부에 해당하는 글이고, 그들에게 보여줄 때에는 '얼마든지 수정이 가능하다'는 마인드로 접근해야 한다. 샘플 원고는 무조건 많이 쓴다고 좋은 것은 아니므로, 최대한 내가 표현하고자 하는 전체 원고의 핵심을 잘 담은 부분을 선택해서 쓰면 좋다.

꽃꽂이 도서를 쓰려고 한다면 유럽에서 찍은 작은 정원사진 한 컷에 그와 관련된 에피소드를 적으면 좋을 것이다. 그런 예시를 두세 개 정도 준비하면 그 자체가 샘플 원고가 된다. 문학 분야의 원고라면 자신의 문체나 감각을 보여줄 샘플 원고가 좋다. 자기계발서라면 내용이 얼마나 차별성이 있는지를 보여줄 샘플 원고여야 좋다.

물론, 당신은 작가가 아니기 때문에 직접 글을 쓰기가 정말 힘든 일일 수 있다. 샘플 원고마저도 혼자 힘으로 쓰기 힘들다면 이 책의 도움을 받자. 6장에 원고 집필의 9단계, 혼자서 A부터 Z까지 하지 않아도 되는 방법들을 요약해놓을 테니 조금은 편안한 마음으로 다음 단계로 가보자.

# 11단계
# 출판사 섭외, 계약하기

나의 소중한 원고, 아무에게나 맡길 수는 없다.《한 권으로 끝내는 책쓰기 특강》을 펴낸 임원화 저자는 출간을 통해 억대 수입의 1인 기업가가 되었다. 그는 출판사와 계약을 할 때 반드시 잘 살펴보고 '갑'의 대우를 받으며 출간하기를 바란다고 조언을 해준다. 물론 맞는 말이다.

그러나 나는 출판사와 저자가 '갑'과 '을'의 관계로 계약하기보다는 서로 상생하는 파트너로서의 관계를 맺으라고 말하고 싶다. 계약서를 꼼꼼하게 따져보고 나중에 손해를 보거나 문제가 생기지 않게 하는 것도 물론 중요하고, 내 책을 잘 팔아줄 좋은 출판사를 섭외하는 것도 매우 중요하다. 그러나 그 전에 먼저 '내 책은 출판사가 선택하고 싶은 책이 맞는가?'를 점검해볼 필요가 있다. 그러면 출판사는 대체 어떤 책을 내고 싶어 할까?

첫째, 시장성 있는 콘텐츠를 원한다.

시장성 있는 콘텐츠란 최소한 책의 초판 2~3,000부 이상은 팔 수 있다고 판단되는 책을 의미한다. 출판사는 자선사업 단체가 아니기 때문에 적지 않은 돈이 드는 책 제작을 판매에 대한 아무런 보장도 없이 낼 수는 없다. 저자도 인세를 통해 수익을 내거나 혹은 유명세를 타고 브랜딩에 용이하게 사용하는 등으로 이익을 취하고, 출판사는 돈을 벌고 포트폴리오를 쌓는 식으로 서로 상생하는 관계가 되어야 한다. 따라서 내 책이 최소 초판 이상은 팔릴 수 있는지를 점검해야 한다.

둘째, 저자의 스펙을 원한다.

저자의 스펙이란 이미 이름 자체가 브랜드인 유명 저자인지, 한번쯤 시장에 내놓아보고 싶은 필력이나 신선한 아이템을 가진 저자인지, 매력도가 높아서 독자들에게 한번 어필해볼 스타 작가로서의 가능성이 있는 저자인지를 말한다. 또 저자가 강연을 통해 충분히 책을 홍보할 수 있고, 그 강연이 사람들로부터 인기를 끌 것 같다면 선택 가능성이 충분하다. 실제로 김난도, 김정운, 전옥표 등의 자기계발서 저자들은 평범한 대학교수 혹은 성공한 기업가였지만 책을 통해 원래 가지고 있던 매력이 더 발산된 경우다. 출판사에서 그들의 잠재성을 알아본 것이라 할 수 있다.

셋째, 시장성도 없고 스펙도 없다면 포기해야 하나?

그렇지 않다. 시장성을 담보할 수 없고 스펙도 부족하지만 이 책이 꼭 세상에 나오기를 원하거나 필요한 책이라고 판단된다면, 또 다른 용도 때문에라도 책을 내야 한다면 자비 출판을 고려해볼 수 있다. 내 돈을 들인 출간의 장점은 원하는 스타일로 마음대로 만들 수 있고, 시장에 크게 신경 쓰지 않아도 되며, 나만의 독창적인 내용들을 더 담아낼 수 있다는 것이다. 물론, 이것도 아무 데서나 하면 안 되고 내 책을 잘 펴내줄 곳을 찾아야 한다. 이것은 초보 작가에게는 어려운 일이므로 전문가의 도움을 받길 권한다.

지금까지의 과정을 통해 내 책을 어떻게 출간할지(투고를 할지 자비 출판을 할지) 결정했다면 이제 출판사와의 계약에 대해 살펴보자.

출판사와의 계약은 일반적으로 통용되는 양식의 계약서를 통해 체결하는데, 계약서 속 문구들을 꼼꼼히 살펴야 한다. 이해가 안 가면 반드시 물어서 오해의 소지를 없애자. 특히 '숫자'가 들어가는 부분은 더 명확히 해두는 게 좋다. 이 부분에서 서로의 입장 차이로 베스트셀러를 펴내고도 관계가 껄끄러워지는 경우가 있다. 이 부분에서는 당신이 가진 스마트함을 최대한 발휘해야 한다.

자, 계약할 때 잘 살펴봐야 하는 계약서의 주요 내용을 간단히 보자. 이것만 주의하면 크게 문제될 일은 없을 것이다.

책을 출판하기 위해 쓰는 계약서를 '출판권 설정 계약서'라고 하는데 이는 곧 내 책을 출판할 권한을 그 출판사에게 준다는 의미다. 여기서 출판권은 저작권과는 다른 의미다. 종종 혼동하는 사람들이 있는데, 저작권은 작가에게 귀속되고 이 책을 국내에서 출판 및 판매할 수 있는 권한, 즉 출판권은 출판사에 귀속된다.

다음 내용을 보자.

---

**제5조(출판권 및 전송 이용권의 유효기간과 갱신 및 재고도서의 배포)**

① 이 계약에 의한 설정 출판권은 계약일로부터 본 저작물의 초판 발행일까지, 그리고 초판 발행일로부터 5년간 그 효력이 존속한다.

② 이 계약에 의한 전송 이용권은 계약일로부터 본 저작물을 최초로 디지털 파일로 제작을 완료한 날까지, 그리고 최초 디지털 파일 제작 완료일부터 5년간 그 효력이 존속한다.

③ 계약 만료일 3개월 이전까지 갑과 을 어느 한쪽에서 계약 갱신을 원하지 않는다고 문서로 통고하지 않는 한 이 계약과 같은 조건으로 계속 3년씩 연장된다.

④ 을은 출판권이 소멸된 후에도 계약 유효기간 중에 인쇄된 재고도서를 배포할 수 있다. 단, 전송에 의한 저작물 이용은 계약 만료일 이후 30일 이내에 중단하여야 하며, 출판 단행본은 6개월까지만 판매해야 한다.

---

내 책을 출판할 수 있는 권한을 최초 몇 년으로 설정하는지에 대한 내용을 담은 문구다. 보통 5년 정도로 설정하는데 계약이 끝나기 3개월 전에 별 다른 이야기가 없으면 출판사는 계속해서 책을 내겠다는 의사로 간주하고 계약을 갱신한다. 만약 더 이상 해당 출판사

에 출판권을 주고 싶지 않다면 3개월 전에 반드시 소통의 과정을 거쳐 계약을 해지하면 된다. 이후 해당 콘텐츠를 다른 출판사에서 새로 낼 수 있으며, 기존 출판사는 이미 제작되어 있는 물량만 판매할 수 있다. 잘 팔리는 책의 경우, 저자가 초기 계약 내용에 대한 불만이 생겨 더 이상 연장하지 않고 계약을 해지하려 할 때, 출판사는 조금이라도 더 이익을 보기 위해 계약 해지 전에 책을 대량 제작해두기도 한다. 이때도 계약 종료 후 6개월까지만 판매가 가능하니 기간을 잘 헤아리기 바란다.

다음을 보자.

---

### 제11조(비용의 부담)

① 갑은 그림, 사진 등 책에 들어갈 이미지에 대한 기본 자료를 제공하고, 원고완성에 필요한 비용이 발생했을 때 이를 부담한다. 을은 책의 완성도를 높이기 위하여 삽화, 사진, 도표의 모든 비용과 본 저작물의 편집, 교정, 제작, 배포 및 전송에 필요한 경비를 부담한다.

② 대필 작업 또는 윤문 작업이 필요할 경우 이에 대한 경비는 갑이 부담한다. 단 갑과 을이 상호 협의 하에 그 비용의 일부 또는 전액을 갑에게 지급하는 저작권사용료(인세)에서 공제할 수 있다.

③ 갑의 요청에 따른 수정·증감 등에 의하여 통상의 제작비를 현저히 초과한 경우 을은 그 초과액의 전부 또는 일부를 갑에게 청구할 수 있다.

출판권 설정 계약에서 갑은 저자이고 을은 출판사다. 위 내용에 대해 "왜 내가 저 돈을 다 내야 해요?"라는 의문이 생길 수 있는데, 콘텐츠와 관련된 비용은 저자가 부담하는 것이 맞다. 출판사는 그 책을 예쁘게 만들어서 서점에 보급하고 유통, 관리, 마케팅 등의 사후 작업을 담당한다. 내용을 완성하고 거기에 필요한 내용물을 채우는 건 당연히 저자의 몫이다. 그림이 필요하거나 책을 쓰는 게 미흡해서 편집 작가를 고용하거나 인용문에 대한 저작권료를 지불하는 등도 역시 저자의 몫이다. 이 부분을 꼭 인지해두어야 한다.

하나 더 살펴보자.

**제16조(출판에 따른 저작권 사용료-이하 '인세'- 등)**

① 이 계약이 성립함과 동시에 을은 갑에게 계약금으로 ○,○○○,○○○원을 ○○일 이내에 지급하고, 이 금액은 인세의 일부(선인세)로 충당한다.

② 을은 초판 발행 후 본 저작물의 발행부수에 따른 정가총액의 ○○%에 해당하는 인세를 갑에게 지급한다. 단, 1쇄 발행 시 인세는 ①항의 선인세를 공제한 금액을 지불한다. 이때 발행부수에서 납본용·증정용·신간안내용·서평용·홍보용 등으로 무가 배포된 부수는 제외한다. 단, 무가 발행 부수는 발행 부수의 ○○% 이내로 한다.

③ 초판 부수는 ○,○○○부로 발행하며 1쇄 인세는 발행 부수를 기준으로 출간 후 ○○개월 이내에 전액을 지급한다.

이 부분은 출판사마다 차이가 있다. 계약금은 저자의 인지도에 따라 많이 달라지는데 '선인세'라고 해서 나중에 받을 인세를 미리 받는 것이므로 사실 큰 의미는 없다. 그러나 서로 책을 내겠다고 약속한 계약에 대한 확인은 될 수 있으므로 받는 게 좋다. 물론 초보 작가의 경우라면 금액을 크게 기대하지 않는 게 좋다.

인세는 잘나가는 작가들은 10퍼센트 전후로 계약되는데, 완전 초보 작가의 경우 대부분 6퍼센트부터 시작한다.

"너무 짠 것 아닌가요?"

아니다. 실제로 인지도 없는 초보 작가를 선택해 그의 원고를 출판하는 데서 출판사가 안고 가는 투자 리스크도 만만치 않음을 알아야 한다. 즉, 6퍼센트라는 인세가 절대 박하지 않은 것이다. 당신이 정말 유명 작가가 된다면 계약 갱신 때 인세율을 조절할 수 있다. 게다가 다른 출판사에서 당신의 새 원고에 대해 좋은 조건으로 제안이 들어올 수 있으니 이 부분에 너무 집착하지 않기로 하자. 물론, 처음부터 기획이 잘된 아이템이어서 출판사 측이 좋은 조건을 제시해준다면 더할 나위 없이 기쁘겠지만!

초판 발행부수 역시 출판사마다 또 책의 분야에 따라 조금씩 다를 수 있다. 출간 전에 판매부수가 어느 정도 확정되어 있다거나(저자 구매, 팬층, 예상 구매 독자 확정 등에 따라) 판매량이 얼마나 예상되느냐에 따라 발행부수는 달라질 수 있다. 요즘에는 보통 2천 부 정도를 기준으로 하되, 1천 부를 찍기도 하고 기준보다 많이 찍기도 한다.

정산 또한 조금씩 다르게 진행된다. 대부분 초판은 출간 후 한 달 이내에 인세를 정산해 지급하고, 2쇄부터는 판매분에 대해서만 반기에 한 번씩 지급한다. 이러한 세부 조항들은 생소한 용어나 방식에 대해 충분히 설명을 듣고 실수 없이 조율해야 할 것이다.

## 12단계
## 원고 집필하기

나와 꽤 친분 있는 한 지인은 딸이 셋인 집의 첫째로, 자매들이 모이면 서로의 직업에 대해 이야기하며 놀라움을 금치 못한다고 한다. 첫째는 작가, 둘째는 음악가, 셋째는 의사인데, 각자 분야가 다르다보니 서로가 하는 일에 대해 감탄이 절로 나는 것이다.

"아니, 언니는 어쩜 그렇게 척척박사처럼 글을 쓰지? 나는 내 소개글 한 줄 쓰는데도 머리가 뽀개질 것 같은데 말이야."

"내가 보기엔 네가 더 대단하다. 대체 그 악보를 어떻게 읽는 거니? 게다가 그걸 보고 연주하다니? 어머머, 바이올린에는 표시도 안되어 있는데 그 복잡한 음계를 어쩜 그리도 정확하게 짚는다니?"

"사람 몸 안을 들여다보고 고장 난 곳을 고치는 막내만 하겠어?"

웃자고 한 이야기지만, 세상에 참 쉬운 게 없다. 글쓰기를 하라면 머리부터 쥐어뜯는 이들이 있는데, 사실 책쓰기만큼 자기계발에 도움 되는 일도 없다. 책에 들어갈 원고를 만드는 과정에서 몰랐던 내 모습을 발견하기도 하고, 그 과정 동안 훨씬 더 성장하기도 한다. 그리고 책쓰기는 글쓰기와는 많이 달라서 누구나 도전할 수 있다. 신춘문예 당선작에 버금갈 정도의 문장을 고집하지만 않는다면 말이다.

음악가는 악기로 자신의 감정을 표현하고, 연설가는 말로 자신의 주장을 표현한다. 작가는 글로 자신의 생각을 표현한다. 작가가 여러 생각 조각을 모아 하나로 엮은 것이 바로 책이다. 그래서 하나의 책을 완성시키기까지는 자신과의 싸움과 노력의 시간이 필요하다.

이혁백 저자는 하루 한 시간만 책을 쓰는 데 투자하라고 이야기한다. 이렇게 말하면 "한 시간 가지고 뭐가 되겠어요?" 하는데, 대답만 간단히 하자면, 된다! 물론 연속해서 몇 시간씩 책을 쓸 수 있다면 좋겠지만, 우리는 그렇게 한가한 사람들이 아니지 않은가. 여유가 있을 때는 책을 쓰는 데 더욱 집중하면 좋겠지만 일단 지키지 못할 약속을 하기보다는 실현 가능한 계획을 세우는 편이 현명하다. 한 시간씩 3개월이면 책 한 권이 나올 수 있다고 하니, 지속적으로 무언가를 해나간다는 건 참으로 놀라운 결과를 가져다준다.

나는 애당초 '글 잘 쓰는 법'을 이야기하려고 이 책을 기획한 게 아니므로, 문장력을 키우는 방법에 대해서는 많이 이야기하지 않을 것이다. 그 대신 베스트셀러의 조건에 부합하는 책쓰기 요건에 대해서는 명확히 짚고 갈 생각이다.

책쓰기는 글쓰기와 달라서 글쓰기에 재주가 없고, 다소 거리가 먼 사람도 얼마든지 시도해볼 수 있다. 이 책을 읽고 있는 당신도 이쯤 왔으면 더는 망설이지 말고 책쓰기를 결단했길 바란다.

책을 쓰겠다고 마음을 먹었다면, 원고를 집필하기에 앞서 이런 마인드를 장착해라.

'다 벗겠다!'

무슨 야한 이야기냐고? 옷이 아니라 온전히 내 모습을 드러내기 위해 가식을 벗을 준비를 하라는 뜻이다. 좋은 글은 진솔한 내면을 대변할 때 더욱 빛난다. 그럴듯하게 좋은 문장으로 포장된 글은, 상은 받을 수 있을지 모르나 사람들에게 감동을 주기는 힘들다. 독자들은 우리의 이야기에 재미와 감동을 받고 싶어 하고, 내 인생 이야기를 들으며 공감하고 용기를 얻고 싶어 한다. 따라서 내가 쓰는 글은 독자들의 목적 충족을 향해 더욱 진솔하게 온전히 서술되어야 한다.

책은 말과는 그 성격이 전혀 다르다. 말은 뱉으면 주워 담을 수 없기는 활자와 매한가지지만, 잊힐 수는 있다. 그러나 활자, 즉 책에 찍힌 인쇄는 워낙 선명해서 책이 소멸되지 않는 이상 그대로 보존된다. 즉, 처음 쓸 때 신중을 기하고, 하고 싶은 이야기를 오롯이 담아내라는 뜻이다. 평생 나를 따라다니는 꼬리표가 될 것인데, 후회 없이 잘 써야 하지 않겠는가.

우리가 잘 아는 유명 작가 한 사람은 아무것도 모르던 시절 전문가의 도움도 없이 혼자 글을 쓰고 얼떨결에 책을 냈는데, 그 내용이 정말 형편없었다. 아마 그 책은 그에게 인생의 오점처럼 남아 있을 것이다(그의 프라이버시를 위해 차마 제목은 적지 않겠다).

책 속에는 내가 살아온 이야기, 내 생각들, 내가 공부하고 연구하고 경험한 것들이 담긴다. 책 한 권을 쓰기 위해 우리는 많은 책을 읽고 자료를 찾고 또 여러 아이디어를 떠올린다. 다른 일을 할 때보다 훨씬 집중하고, 감성을 끄집어내고, 좀 더 좋은 구상과 문장과 어휘를 사용하기 위해 노력한다. 이 모든 과정이 바탕이 되어 한 권의 책이 나온다니, 소중할 수밖에(그래서 나도 이 책이 무지무지 소중하다)!

글쓰기 방법은 뒤에서 좀 더 자세히 이야기하겠지만, 책을 내기 위해 원고를 완성하는 실질적인 방법에 대해서는 간단히 언급하고 가겠다.

위에서도 말했듯 책 한 권을 완성하는 것은 쉬운 일이 아니기 때문에 초보 작가 혼자 힘으로는 무리일 수 있다. 그래서 전문가의 도움을 받기도 하는데 그건 전혀 부끄러운 일이 아니다. 오히려 말도 안 되는 콘텐츠로 출판사에 "왜 이걸 안 내주느냐!"며 우격다짐하는 것보단 훨씬 지혜로운 대처이다.

### 첫째, 독학으로 혼자 쓰기

물론, 혼자 써도 된다. 시간은 좀 걸리겠지만 의외로 책쓰기에 소질을 보이는 사람도 있다. 문장력이 엄청 요구되는 콘셉트의 책이 아니라면 더욱 혼자서 도전해볼 만하다. 성격이 급하지만 않다면 꾸준한 습작을 통해 독학하는 것도 좋다.

### 둘째, 출판기획자의 도움받기

책을 쓰려고 하는데 도움받을 사람이 없을까?

당연히 있다. 그것도 10년 경력 이상의 출판기획 전문가로부터 도움을 받아야 한다. 누군가 나에게 집을 지어달라고 하면 나는 집을 지어줄 수 없다. 나는 집 짓는 전문가도, 건축가도 아니기 때문이다. 책쓰기도 마찬가지다. 요즘 책 몇 권 쓰고는 출판 전문가라며 책쓰기 강의를 하는 작가가 많은데, 작가가 자신의 책을 잘 쓸지는 몰라도 남의 책을 잘 쓸 수 있게 도와주는 건 사실 쉽지 않다. 영화배우는 연기자다. 감독이나 제작자가 아니다. 영화 작품을 구성하고 기획하는 사람은 감독과 제작자이듯 책도 그것을 구상하고 기획하는 사람은 바로 기획자이고 출판사이다. 우리 회사에서 진행한 책의 99퍼센트가 기획자의 손을 거쳐 탄생했다.

### 셋째, 대필작가의 도움받기

흔히 '구성작가', '정리가', '스크립터' 등으로 표현하는데, 통칭은 대필작가다. 과거 대필작가는 고스터즈, 즉 유령작가로서 수면 위에 드러나는 것 자체가 금기시되었지만, 지금은 점차 하나의 직업으로 자리 잡아가고 있다. 어떤 출판사는 대필작가의 이름을 그대로 명시해 저자와 함께 팀 작업을 이루었다고 당당히 밝히기도 한다.

대필작가는 오랫동안 이 업종에 발을 담근 베테랑일 것이므로, 원고 작성의 시간이 단축되고 내용의 완성도가 높다는 장점을 지닌다. 서로 잘 통하는 작가를 만나면 계속 파트너십을 맺고 책 작업을 할 수 있으니 장점이 된다. 단점이라면 비용이 제법 들어간다는 것, 책 내용을 충분히 숙지하지 않고 말 그대로 '일'로만 맡겨둔다면 훗날 민망한 일이 생길 수 있다는 것 정도다.

일전에 저자와 함께 기차를 타고 갈 때의 일이다. 그분의 책에서 감동받은 에피소드에 대해서 내가 질문을 던졌는데 저자가 그 내용을 모르는 민망한 상황이 있었다. 나까지 얼굴이 빨개져 한참을 민망한 채로 앉아 있어야 했다.

글쓰기가 어려워서 대필작가의 도움을 받을 수는 있으나, 그 콘텐츠는 다른 누구의 것도 아닌 바로 내 것이다. 그러므로 쓰는 과정에 적극적으로 참여해야 함은 물론, 자신이 나타내고자 하는 것들이 자신이 원하는 대로 잘 담겨 있는지 꼭 확인해야 한다. 혹 너무 바빠서 대필작가에게 좀 더 많이 의존을 한 상태라면? 적어도 책이 나오기 전에 책 속 내용들을 충분히 자기 것으로 만들어두어야 한다.

책쓰기 방법은 이렇게 세 가지가 있는데, 어떤 것이 정답이라고 말할 수는 없다. 각 방법마다 일장일단이 있으니, 결국 자신의 상황에 가장 적합한 방법을 선택하면 된다.

지금, 당신에게 꼭 당부하고 싶은 말이 있다. 바로 '표절작가'가 되지 않도록 하라는 것이다. 다른 사람의 것을 그대로 베껴서 내 것인 양 하는 것은 옳지 않다. 세상에 완전한 창조가 어디 있겠는가. 누군가가 쓴 글을 읽고 내 안에 넣었다면 그것은 내 소유물이다. 하지만 그것을 나의 글로 쓸 때에는 본래의 것과는 다른 모습으로 재탄생시켜야 한다. 이처럼 글쓰기는 결코 쉽지 않은 작업이다. 불명예를 안지 않으려면 늘 글에 대한 엄격한 자기 검열이 필요할 것이다.

그리고 책을 잘 쓰고 싶다면 책을 많이 읽어라. 책을 읽는 동안 수많은 어휘를 배우고, 좋은 문장과 아닌 것을 식별할 수 있게 된다. 더불어 자신의 글을 객관적으로 바라볼 수 있게 된다. 좀 더 효율적으로 책을 읽는 방법에 대해서는 6장에서 이야기하겠다.

## 13단계
## 출판사 피드백 및 수정

    초고를 완성하고 나면 자신도 모르게 감동이 밀려올 것이다. 이 어려운 과정을 해냈다는 스스로에 대한 대견함과 동시에 이제 내 이름을 달고 책이 나오기까지 얼마 남지 않았다는 걸 더욱 피부로 느끼게 되기 때문이다. 가슴은 두근거리고, 이제 거의 다 왔다는 생각에 벅차오르는 순간 당신은 출판사로부터 청천벽력 같은 메일을 받을지 모른다.

    '수정이 좀 많을 것 같아요. 일단 만나서 이야기를 한번 나눠보면 좋겠습니다.'

    걱정 섞인 담당 편집자의 메일에 하늘이 무너지는 것만 같다.

    대체 뭐가 잘못된 거지? 샘플 원고에 맞춰 잘 쓴 것 같은데 뭐가 마음에 안 드는 걸까? 이 초고를 쓰느라 지난 몇 달 간 얼마나 힘들었는데! 다시 쓰라고 하면 정말 죽어버릴 것만 같다…….

그 마음, 나도 모르지 않다(토닥토닥). 하지만 소설가 헤밍웨이가 말하지 않았던가.

"모든 초고는 걸레다."

지금 눈물이 코까지 차올랐는데 불을 지른다며 나를 비난해도 소용이 없다. 안타깝게도 무슨 일이든 첫술에 배부르기란 쉽지 않으니까.

책쓰기는 더욱 그렇다. 영국의 극작가 겸 소설가인 조지 버나드 쇼도 초고를 일곱 번까지 수정했다. 국내의 내로라하는 유명 작가들도 초고 그대로 출간되는 일은 드물다고 한다. 이런 말들이 당신에게 좀 위안이 될지?

어쨌든 초고는 말 그대로 '초고'다. 첫사랑은 이루어지기 힘든 것처럼 초고도 바로 책이 되기란 힘들다. 이제부터 당신은 이 초고를 가지고 다음 단계로 들어가야 한다. 바로 '수정'이다.

출판사에서 수정을 요청해올 때는 내 원고에 다양한 문제가 있기 때문이다. 단순히 문장이 별로라서 수정을 요청하는 경우도 있다. 하지만 트렌드에 맞지 않거나 콘셉트에서 많이 비켜났거나 생각보다 글이 전체적으로 임팩트가 없다는 등 이유는 다양하다. 따라서 책쓰기에 초보인 우리는 출판사의 가이드에 귀를 기울여야 한다. 그들의 목표는 무조건 '베스트셀러'다. 좋은 책을 만들어 많이 팔겠다는데 수정, 그거 못 할 이유가 있을까!

물론 초고라고는 하지만 이미 당신도 여러 차례 수정을 했을 수 있다. 그러나 당신의 글을 객관적으로 읽고 냉철하게 던지는 피드백은 매우 가치 있게 받아들여야 한다. 수정을 거듭할수록 더 완성도 있는 글과 더 나은 표현으로 바뀌는 건 거의 분명할 테니 그 과정이 어렵다고 지레 겁먹거나 포기하지는 말자. 걸레가 수건이 되고 빛나는 스카프로 변할지 어떻게 알겠는가.

## 14단계
## 편집 및 디자인

지난한 수정의 단계도 모두 거쳐 이제 원고를 '마감'하게 되었다면 이후부터는 출판사의 몫이다.

출판사는 당신의 원고를 책의 형태로 만들기 위해 편집을 시작한다. 편집자는 영어로 'Editor'인데, 에디터라는 것은 말 그대로 자르고 붙여 편집하는 사람이라는 뜻이다. 원고를 자르기도 하고 살을 붙이기도 하고 또 맞춤법에 따라 깔끔하게 다듬기도 한다. 편집 과정은 때때로 매우 난도가 높을 때도 있는데, 종종 말도 안 되는 원고가 편집자의 손을 거쳐 완전히 다르게 재탄생하기도 하므로 편집자의 역할은 무척 중요하다. 제2의 저자라고도 불릴 만큼 편집자는 많은 고민을 통해 한 권의 책을 완성해낸다. 그러니 좋은 편집자를 만나는 것도 큰 행운이다.

더불어 편집자는 책을 편집하고 제작하고 판매하기까지의 모든 과정을 핸들링한다. 특히 요즘엔 워낙 비주얼적 요소가 강조되는 시대라 책 내용에 어울리는 참신하고 아름다운 디자인을 뽑아내는 것은 출판사의 중요한 역할이 되었다. 본문과 표지 디자인을 잘 뽑는 것은 첫째로 출판사의 성향, 둘째로 책의 콘셉트를 디자인으로 옮기는 디자이너의 감각과 실력, 마지막으로 제대로 된 디자인을 판별하고 디렉팅(방향 제시)할 줄 아는 편집자의 안목에 달려 있다.

사실, 디자인과 관련해서 책이 나오기까지 내내 관여하면서 출판사를 못살게 구는 저자도 종종 있다. 하지만 계약을 하고 함께 책 출간을 하기로 했으니 마지막까지 출판사의 의견을 믿고 따르기를 추천한다. 이는 당신의 감각을 믿지 못해서가 아니라 이미 오랜 기간 동안 그 분야에 종사하며 다져온 노하우와 비법을 가진 사람들의 가이드에 따르는 것이 늘 더 좋은 결과를 가져다주는 걸 보아왔기 때문이다.

그리고 당신 또한 책쓰기를 결심했다면 책을 보는 안목을 키워보라고 조언해주고 싶다.

"안목을 어떻게 키우죠? 디자인에는 워낙 약해서⋯⋯."

정답이 있겠는가. 많이 보고 잘되는 것을 분석해보고 잘 안 되는 것도 분석해보면 된다. 나 같은 경우, 온라인 서점이나 오프라인 서점에 자주 들러서 오늘은 또 어떤 책이 나왔는지를 꼼꼼히 둘러본다. 베스트셀러 목록을 보며 '이 책에 독자의 반응이 좋은 이유가 뭘까?'를 혼자 분석해본다. 제목이 좋아서, 내용이 좋아서, 주제가 좋아서 등등 이유는 여러 가지이다. 이런 과정을 거치는 동안 안목이 길러지고 분석력도 생긴다.

신간도 마찬가지다. '이 책은 분명 뜰 거야', '이 책은 곧 묻히겠는데', '이 책은 어떻게 될까' 등 나름대로 책의 운명을 점쳐보기도 하고, 제목과 표지를 비교 분석하며 예측도 해본다. 그 결과가 내 예상과 맞아떨어지면 그것대로, 또 틀리면 그것대로 분명 얻는 것이 있다. 결국 많이 보고 많이 공부하는 것밖엔 방법이 없는 것이다. 답은 늘 그곳에 있다.

## 15단계
## 인쇄 및 제본, 출판 및 유통

　디자인을 무사히 마쳤다면 이제 책이 제작되어 서점에 깔릴 때까지 목욕재계하고 기다리면 된다. 디자이너는 자신이 만든 표지가 좀 더 예쁜 색깔과 예쁜 모양으로 제작될 수 있도록 인쇄소와 소통하며 마지막까지 심혈을 기울일 것이다. 디자인이 끝난 책의 데이터가 인쇄소로 보내지면, 인쇄소와 제본소에서는 종이에 인쇄한 후 자르고 붙여서 책의 형태로 만들어낸다. 잉크가 잘 마른 후 제본을 해야 하므로 소프트커버라면 1주일, 하드커버는 약 2주일 정도 소요된다.

　책이 나오면 유통사에 들어가고 당신은 계약서에 적힌 만큼의 증정용 책을 받게 된다. 그와 동시에 출판사의 담당 마케터 혹은 영업자는 그 책을 전국 온오프라인 서점에 배본(책을 공급하는 것)한다. 이때 책의 분야와 저자 인지도, 예상 판매부수를 고려해 각 서점에 배본할 부수를 정한다.

# 16단계
# 도서 홍보, 마케팅

책이 나왔고 서점에도 깔렸으니 이제 후반 작업이 남았다. 좋은 상품이 나온다 하니 마케터들은 '어떻게 이 책을 팔까?'를 고민하는데, 이 작업은 책이 만들어지기 전에 이미 논의되어 '마케팅 기획안'이 나온다. 우리가 기획안에서 적었던 저자의 홍보전략을 바탕으로 마케터는 저자의 역량을 가늠한다. 그에 더해 책의 성격과 콘텐츠를 파악해 그에 적합한 마케팅 방법을 고민한다.

출판 마케터들은 주로 다른 분야의 영업 사원이나 마케터들이 직종을 바꿔 온 경우보다는 처음부터 책이 좋아서 시작한 사람들이 많다. 그래서 책이 나오면 처음부터 끝까지 읽어보고 면밀히 파악해서 마케팅 계획을 세운다. 물론 마케터가 자신의 상품에 대해 속속들이 알고 있어야 하는 것은 당연하지만 대형 출판사의 경우 바쁜 마케터들이 매일 쏟아지는 책을 다 읽기란 쉬운 일이 아니다. 그럼에도 책의 SWOT(강점, 약점, 기회, 위협) 요인을 최대한 완벽하게 파악하기 위해 마케터들은 책을 꼼꼼히 들여다보고, 서점과 SNS, 미디어와 지면 등을 통해 다양한 홍보와 마케팅 활동을 펼치려고 최선을 다한다.

타이밍과 전략을 잘 세운 마케팅 계획은 매우 큰 효과를 볼 수 있으나 그렇지 않은 경우도 많으니 일희일비하지 않기를 바란다. 그리고 저자도 책이 잘 팔리도록 계속 노력해야 한다. 이는 정말 명심해야 할 부분이다. 마케팅 계획에도 적극 참여하여 이 어려운 출판 시장에 투자해 당신의 책을 베스트셀러로 만들기 위해 노력하는 출판사에게 도움이 될 수 있도록 하자. 물론 그 결과는 당신에게도 좋은 부메랑이 되어줄 것이다.

출판사는 자신이 선택한 책이 베스트셀러가 되기를 꿈꾼다. 이를 위해 제목, 부제, 표지에서 제시하는 홍보 문구 등을 엄청 고민한다. 독자의 관심을 끌기 위한 전략을 세우고 장점이 돋보이도록 노력한다. 저자 또한 출판사만큼 여러 면에서 고민해야 한다. 한 문장을 쓰더라도 카피라이터가 된 심정으로, 독자에게 어필할 방법을 찾아야 한다. 또한 책이 잘 팔리는 데 집중해서 내가 할 수 있는 여러 방법을 동원해야 한다. 책쓰기에서는 집필도 중요하지만 첫 책이 잘되는 게 무엇보다 중요하다. 그래야 두 번째도 있기 때문이다. 그래서 내 책 홍보는 매우 중요한 과정이다.

이왕 책쓰기를 결심했다면, 누구보다 치열하게 쓰고 또 그만큼 치열하게 팔아라. 출판사에서 환영받는 저자가 되고, 독자들로부터 사랑받는 저자가 되라. 적극적인 자세를 가져라. 모든 걸 출판사에게 일임하고 오직 작품으로만 평가받던 시절을 그리워하는 이도 많지만 이제 그런 시절은 없다. 저자가 집에 가만히 앉아 책 판매만 들여다보고 있다면? 틀렸다. 이제 저자는 문학 행사에 참석하고, 저자 사인회를 하고, 인터뷰도 하고, 그럴듯한 말도 읊어주고, 기사에 노출하기 위해 발로 뛰는 등 적극적인 홍보에 나서야 한다. 책의 판매량을 올리기 위해 적극 노력해야 한다. '나'를 많이 보여줄수록 독자들이 나를 좋아할 기회도 늘어나는 것이다. 그러한 노력이 두 번째, 세 번째, 그 이상으로 이어지는 베스트셀러 작가의 길로 나를 안내할 것이다.

이제 책의 마케팅에 대해 알아보자. 기본적으로 책을 홍보할 수 있는 다양한 툴을 간단히 소개하겠다. 이러한 홍보 채널이 있음을 알아두고 최대한 활용해보자.

### SNS 홍보하기

요즘은 마케팅에서 SNS를 빼놓을 수 없다. 젊은 세대부터 나이든 사람들까지 블로그, 포스트, 카페, 인스타그램, 페이스북 등 다양한 SNS를 통해 정보를 접하기 때문이다. 따라서 사람들이 좋아할 만한 글과 이미지, 영상을 만들어 SNS에 올리는 것은 매우 중요하면서도 필수적인 마케팅 방법이다.

우리 회사에서는 월간 평균 3만 명 이상, 일 방문자 평균 1천 명 이상인 블로그를 운영하고 있고, 4천 명 이상의 팔로워를 보유한 포

우리 회사에서 만든
《계단을 닦는 CEO》
카드뉴스 이미지

스트 활동도 하고 있다. 때로는 꼭 띄우고 싶은 책이 있으면, 하루 방문자 수가 몇천 명에서 많게는 몇만 명 가까이 되는 파워블로거 20명에게 노출을 의뢰하기도 한다. 인스타그램도 팔로워가 10만~20만 명인 스타그래머에게 의뢰를 한다. 아마 당신의 SNS 친구에도 이런 사람이 있을 것이다. 또한 책이 출간되면 곧바로 보도자료형, 카드뉴스 등을 만들어 노출을 하는데, 이는 꽤 효과적이다.

야심차게 출간했는데 생각보다 반응이 없거나 뜨뜻미지근할 경우, '구간의 재발견' 코너에 올려 다시 한 번 노출의 기회를 노려볼 수 있으니 참고하라. 출간 후 6개월 정도가 지났다면? 역시 해볼 수 있다.

네이버 책문화 코너의 온라인 책 미리보기도 노출 효과를 볼 수 있는 채널이다. 회원수가 150만 명이 넘는 대형 여성 포털 사이트 이지데이, 팔로워 13만 명 이상으로 도서에 특화된 네이버 포스트 '더굿북' 등도 노출의 효과가 제법 크다.

### 서평 이벤트

비용을 많이 들이지 않고 간단하면서도 긍정적인 효과를 볼 수 있는 툴이다. 책을 좋아하는 사람들과 함께 새로운 도서를 공유하여 그에 대한 리뷰를 얻는 마케팅이다. 요즘은 많은 출판사에서 서평 이벤트는 필수로 진행한다.

우리 회사의 경우 네이버 카페 '책과 콩나무'와 '북뉴스' 등을 통해 서평 이벤트를 진행하는데, 책을 좋아하는 타깃을 대상으로 도서를 제공하고, 그 대신 양질의 서평을 제공받는다. 책 출간 전에 책을 노출할 수 있고 SNS 리뷰 게재 및 온라인 서점 평가를 통해 검색 노출량을 늘릴 수 있다는 장점이 있다.

오프라인 서점에 가는 경우에는 '책' 실물을 손에 들고 제목이나 목차, 보고 싶은 내용 등을 살펴보고 지갑을 열지 말지를 결정할 수 있다. 하지만 온라인 서점은 다르다. 실물을 직접 볼 수 없기 때문에 아무리 제목이 좋고 내용 소개가 좋아도 독자평에 따라 구매 의사를 결정하는 경향이 있다. 독자평이 없거나 좋지 않은 평이 있으면 괜히 찜찜해서 안 사게 되는 것이다. 영화도 그렇지 않은가? 악평이 있으면 안 끌리고, 호평이 있으면 보고 싶어진다. 옷 한 벌을 살 때에도 후기가 좋으면 왠지 구매를 쉽게 결정하는 것처럼 책 역시 마찬가지다.

### 매거진, 온라인 기사, 신문 기사 등의 매체 홍보

각종 언론에의 노출은 여전히 중요한 홍보 수단이다. 요즘은 온오프라인에 동시에 기사가 게재되기 때문에, 자신의 책에 잘 맞는 매체를 선택해서 노출을 일으키면 때에 따라 큰 효과를 볼 수 있다.

### 라디오 홍보

많은 라디오 청취자에게 협찬을 통해 책을 홍보하는 것 역시 꽤 효과적이다. 때때로 내용을 소개해주거나, 저자가 직접 출연의 기회를 잡아 자신의 책을 홍보하기도 한다. 건강, 여성 등 분야에 맞는 다양한 프로그램에서 노출을 시도해볼 수 있다.

전국에는 다양한 독서 모임이 있다. 지역별, 연령별, 성별 등 다양한 계층의 사람들이 모여서 책을 읽고 저자와 만나고 토론하는 시간을 가진다. 독서 모임을 통해 구입하는 도서의 양도 많지만, 이 모임을 통해 다양한 루트로 콘텐츠가 확산된다. 실제로 책을 좋아하는 사람들이 모인 집단이기에 SNS 활동 등을 통해 꾸준히 책을 소개하는 경우가 많다. 특히 저자를 초대해 강연을 듣는 경우도 많아서 여러모로 도움이 된다.

나 역시 양재나비를 통해 처음 독서 모임에 참여했다. 이후 마포나비를 시작해 꾸준히 활동하면서 내가 기획한 책의 저자들을 강연자로 내세워 꾸준히 홍보하고 있다.

요즘에는 책이 나오면 강연회 등에서 저자가 직접 자신의 책을 홍보하는 경우가 많다. 특히 강연을 목적으로 책이 만들어지는 경우도 있고 강사들이 브랜딩을 위해 책을 쓰는 경우도 많아서 강연과의 연계는 매우 필수적 마케팅 툴이 되었다.

저자가 활발하게 강연 활동을 할수록 책은 많이 팔릴 가능성이 있다. 요즘에는 도서를 집필한 저자의 강연을 주선해주는 파인더강사, 마이크임팩트, 소호컨설팅 등의 업체도 많다. 온라인 서점이나 매체들을 통해서도 강연할 수 있는 장들이 많이 열리기 때문에 적극적으로 알아볼 것을 권한다.

### 추천도서, 필독서 선정

추천도서나 필독서로 선정되면 많은 사람이 우선적으로 구매하기 때문에 판매부수가 올라간다. 따라서 다양한 기회를 잡아 적극적으로 추진해볼 필요가 있다. 우리 회사에서 기획한 책들 중에도 CEO 필독서나 군대 추천도서로 선정된 도서가 꽤 많다. 내가 직접 기획한 책들은 더 적극적으로 여러 마케팅을 시도하는 편이다. 당신도 주변 지인을 둘러보고 내 주변의 누가 책 홍보에 큰 영향을 미칠 수 있는지를 살피고 적극 활용하라.

### 온라인 DM 발송

회원을 많이 보유한 단체를 대상으로 DM을 발송해 직접적으로 홍보하는 방법이다. 나의 경우 회원 170만 명이 넘는 문화 나눔터 '사색의향기'를 통해 DM을 발송한다. 이곳은 문화사업 비영리 단체로, 전 회원에게 책 홍보와 메일링 및 추천도서 선정이 가능하다. 이는 곧 책 판매로 이어진다. 이처럼 특정 단체를 대상으로 홍보 메일링을 발송하는 마케팅방식이다.

### 방송 연계

방송과 연계한 마케팅은 보통 저자가 직접 방송에 출연하는 마케팅으로, 요즘에는 그런 기회를 제공하는 프로그램이 종종 있다. 〈세상을 바꾸는 시간, 15분〉, 〈MBC 특강〉, 〈EBS 생각하는 콘서트〉 등에 실제 저자들이 나와 감동적인 연설을 하는 것이다. 〈아침마당〉도 저자의 히스토리를 풀어내기에 좋은 프로그램이다. 역으로 기획자들은 〈세상을 바꾸는 시간, 15분〉에 나온 사람들, 인생 역전을 이루었거나 특정 분야의 전문가 혹은 유머가 풍부한 사람을 저자로 삼아 책을 기획하기도 한다. 출판 마케터들은 저자의 방송 출연을 매우 중요시하기에 가능한 한 방송 관계자에게 저자를 어필하려고 노력한다.

### 방송 PPL

다양한 예능, 교양 프로그램을 비롯하여 드라마까지…… 노출만 된다면 엄청난 효과를 기대할 수 있다. 스타들이 방송을 통해 한 마디 추천을 해주는 것도 굉장히 효과적이다. 그러나 모든 마케팅 중 가장 비용이 많이 든다는 것도 알아두자. 때때로 비용 대비 효과가 나지 않는 경우도 있으니 가장 신중해야 하는 마케팅방식이다.

# Part 3

펜을 들었다면, 이미 당신도 베스트셀러 작가!

5장

# 나는 어떤 책을 쓸까?
# 나만의 콘셉트 잡기

------------------------------------------------

고대 로마의 시인 프로페르티우스는
"뱃사람은 바다 이야기를 하고, 농부는 황소 이야기를 하며,
병사는 자신이 입은 상처를 이야기하고,
양치기는 그의 양에 대해 이야기한다"고 말했다.
책을 쓰는 당신은 어떤 이야기를 하고 싶은가?
그것은 당신 자신만의 이야기인가?
내가 잘하는 것에 대해 쓰는 것만큼이나
내가 좋아하는 것에 대해 쓰는 것도 중요하다.
둘 중 어느 쪽으로 주제를 선택했다면,
이제는 정말 내가 하고 싶은 이야기를
오롯이 담아내겠다는 각오로 임해야 한다.
그래야 나뿐 아니라 다른 사람들도 만족하고
재미있어 하는 책이 나올 수 있다.

# 독자들은 진짜 이야기를
## 기다리고 있다

사람들은 내게 최근의 출판 동향을 자주 물어온다. 이 시장에 가장 밀착해 일하고 있어서 그런가 싶다. 나도 모든 걸 다 알지는 못한다. 그러나 확실한 것 하나는 어느 시대에나 진정성 있는 콘텐츠가 먹힌다는 사실이다. 책, 프로그램, 영화, 드라마, 라디오 등 어느 매체이든 항상 통하는 것은 진짜 그 현장에 있는 전문가들의 이야기다. 생생하게 살아 있는 정보를 담은, 제대로 경험을 하고 쓴 진솔한 이야기들 말이다.

무엇이든 그러하겠지만 출판의 트렌드는 언제든 바뀔 수 있다. 표지의 느낌도, 추구하는 제목의 성향도 순식간에 바뀌곤 한다. 물론 트렌드를 선도하는 사람들은 조금 더 앞서가거나 아니면 과거에 히트했던 것을 다시 유행시키기도 하는데, 이때도 트렌드에 맞게 좋은 퀄리티로 작품을 완성해낸다. 독자들의 눈도 점점 높아져 그들은 어떤 표지, 어떤 제목의 책이 내게 유리하고 필요한지를 금방 알아챈다. 우리가 독자로서 바라볼 때를 생각해보자. 오프라인 서점에서든 온라인 서점에서든 만 원 남짓의 책 한 권을 고르더라도 이것저것 따져보고, 유행에 뒤처지거나 소장하고 싶은 욕구가 들지 않거나 내게 도움이 되지 않는 건 거들떠보지도 않는다. 그리고 똑같은 콘셉트의 책이라도 보기에 좀 더 예쁘고 갖고 싶은 것, 휴대하기 편한 것, 완성도 높은 내용의 책을 가려낸다. 요즘 독자들은 번역이 잘되었는지 이상한지도 가려낸다고 하니 말 다한 셈이다.

이제 당신도 책쓰기를 마음먹었으니, '나는 어떤 책을 쓸까'에 대한 고민의 대열에 합류한 셈이다. 이 고민을 해결하려면 요즘 어떤 책이 유행인지를 따져보고, 서점에 가서 베스트셀러 코너를 뒤적여보는 게 좋다. 나도 눈을 뜨면 가장 먼저 하는 일이 그것이다. 그리고 그보다 중요한 것은 독자들이 기다리고 있는 책, 즉 얼마나 진정성 있게 나의 이야기를 담아낼 것인가에 더 초점을 맞추는 일이다. 마음속에 항상 그 생각을 간직한 채 책을 써나가야 한다. 그래야만 상업적인 것을 좇느라 진짜 해야 할 이야기를 놓치는 일이 생기지 않는다. 더불어 다음에 이야기하려고 하는 '콘셉트 잡기'에서도 제대로 된 결과를 얻을 수 있다.

내가 어떤 사람인지, 내가 어떤 강점을 가졌는지, 어떤 이야기를 풀어내면 독자들에게 먹힐 수 있을지 등을 반드시 먼저 파악한 다음 글을 써야 한다. 그래야만 진정성 있는 이야기를 담아낼 수 있다. 내 전공, 내 경험, 나의 정체성에 반하는데도 '유행이니까' 그 책을 쓴다면 말이 되겠는가. 독자들에게 나의 '진짜' 이야기를 들려주기 위해서, 이제 콘셉트 잡기를 해보자.

# 당신만의
# 이야기를 써라

고대 로마의 시인 프로페르티우스는 "뱃사람은 바다 이야기를 하고, 농부는 황소 이야기를 하며, 병사는 자신이 입은 상처를 이야기하고, 양치기는 그의 양에 대해 이야기한다"고 말했다. 책을 쓰는 당신은 어떤 이야기를 하고 싶은가? 그것은 당신 자신만의 이야기인가?

내가 잘하는 것에 대해 쓰는 것만큼이나 내가 좋아하는 것에 대해 쓰는 것도 중요하다. 둘 중 어느 쪽으로 주제를 선택했다면, 이제는 정말 내가 하고 싶은 이야기를 오롯이 담아내겠다는 각오로 임해야 한다. 그래야 나뿐 아니라 다른 사람들도 만족하고 재미있어 하는 책이 나올 수 있다.

책을 쓰는 데서 타고난 재능보다 중요한 건 바로 '확고한 결단력'이다. 생각만 있고 결단을 하지 않거나, 결단만 하고 실행을 하지 않는다면 그것은 그냥 아무것도 아니다. 당신과 나는 이미 베스트셀러

"꿈을 계속 간직하고 있으면 반드시 실현할 때가 온다."

괴테

# Start doing...

를 쓰기로 결심했으니, 이제 그것을 실행으로 옮기자. 한 단계 한 단계 차근차근 가다 보면 고지가 눈에 보일 순간이 반드시 올 것이다.

　지금부터 책의 콘셉트를 잡는 실습을 간단히 해볼 텐데, 이 작업 또한 만만치 않다. 사실, 배가 산으로 가지 않게 하려면 처음부터 콘셉트를 잘 잡는 게 정말 중요하다. 혼자서 열심히 머리를 굴리고 자료를 찾아봐도 답이 나오지 않는다면, 전문가에게 도움을 구하자.

　이 책이 철저하게 '실용'에 초점이 맞춰진 만큼 나는 생생하고도 디테일한 정보를 주기 위해 노력할 것이다. 그렇다면 책쓰기는 과연 누구에게 배워야 가장 효과적일까? 잘나가는 베스트셀러 작가? 책쓰기를 배운 새끼코치? 아니면 출판 편집장?

　이번 질문의 답 역시 간단명료하다. 바로 경력 10~15년 차 이상의 기획·편집자나 10년 이상 경험을 쌓은 대필작가에게 배워야 한다. 그들에게는 수백 명의 저자를 만나 처음부터 끝까지 핸들링을 한 풍부한 경험과 노하우가 있다. 그들은 저자의 장점을 명확히 파악하고, 그 이야기를 독자와 가장 잘 소통할 수 있는 방법으로 제안하는 게 가능하다.

　종종 "작가한테 배우면 더 낫지 않나요?"라고 묻는데, 아니다. 작가는 말 그대로 '글을 쓰는 사람'이다. 분명 책쓰기와 글쓰기는 다르다고 하지 않았는가. 책쓰기에서 중요시되는 요소인 '콘셉트 잡기'는 작가가 잘하는 영역이라기보다는 편집자, 대필작가 들이 잘하는 영역이다.

　책쓰기 강의를 하는 곳 대부분이 책 몇 권 낸 작가들이 강사인 경우가 많다. 심지어 책쓰기를 가르치는 작가들 중 몇몇 작가는 우리 회사에서 문장이며 내용을 40퍼센트 이상 뜯어고쳐 출간한 책의 저자라는 사실! 참으로 안타깝다. 그들은 일단 모객해서 잇속만 채우면 된다는 생각을 가진 것 같아 무척 양심 없어 보이기도 한다. 이런 곳에 속아 돈과 시간을 버리고 나를 찾아와 하소연하는 사람도 부지기수다. 반드시 제대로 된 전문가를 찾아 도움을 받기 바란다.

나도 기획 전문가 중 한 사람으로서, 책의 콘셉트를 잡는 방법에 대해 간단히 일러두려고 한다. 콘셉트를 잡기 위해서는 먼저 스스로 던져야 할 질문이 있다. 바로 '나는 누구인가?'이다. 여기에 대해 명확한 답이 나와야 그다음 단계로 넘어갈 수 있다. 내가 누구인지, 나의 장단점과 특기, 취미, 전공 등을 정확하게 짚을 때 내가 어떤 책을 쓰고 싶은지를 발견할 수 있다.

예시를 통해 설명해보겠다.

참고로, 여기에 나오는 책의 저자는 가상의 인물로 예를 든 것이다. 따라서 실제 나이나 직업 등은 아무런 관련이 없음을 밝혀둔다.

**사례 ①**

**나는 누구인가?**

- 30대 직장인, 기혼 남성.
- 전문직은 아니지만 나름대로 회사에서 커뮤니케이션을 잘하기로 소문이 나 있다. 또 시간 날 때마다 독서를 하는 독서광이다.

**책의 콘셉트는?**

- 회사에서 일한 것을 바탕으로 커뮤니케이션 코칭법을 쓴다. 요즘

4인 가족이 오랜만에 한자리에서 식사를 해도 각자 휴대전화를 들여다보기에 바쁘다. 심지어 연인끼리 만나서 바로 앞에 있는데도 서로 카톡으로 대화를 한다고 한다. 그러다 보니 소통 능력이 떨어져 사람들과의 대화를 기피하게 된다. 그래서인지 우리나라의 책 시장에서 가장 큰 4대 장르에 해당하는 것이 바로 '대화법'이다. 《언어의 온도》가 100만 부나 팔리고 《이기는 대화》는 90만 부나 팔렸을 정도니…….

-독서를 통해 쌓은 지식을 토대로 한 속독법, 독서법도 괜찮을 것이다.

이런 식으로 우리 회사에서 기획한 책 중 성공을 거둔 책이 있다. 당신도 들어보았을 책,《본깨적》이다. 이 책은 19쇄나 인쇄되었고, 출간 한 달 만에 베스트셀러 5위를 기록했다. 책을 낸 이후 저자는 억대 연봉을 받고, 세리 CEO 강연도 12회 진행했다. 2018년 1월, 다산북스에서《빅 커리어》라는 후속 편을 출간했다.

사례②

**나는 누구인가?**

-30대 중반의 기혼 여성. 자녀도 둘 있다.

-꽃꽂이를 15년 이상 배워온 플로리스트 자격증 보유자.

-여행을 좋아한다.

**책의 콘셉트는?**

-꽃을 매개로 바쁘고 지친 사람의 마음에 힐링을 주는 에세이.

-꽃꽂이 실용서.

-누구나 쉽게 갈 수 있는 세계여행.

아래 책은 우리 회사에서 기획한 여행서로, 출간과 동시에 많은 독자의 사랑을 받았다. 특히 예능 프로그램인 〈꽃보다 할배〉에서 소개되어 여행 분야 1위를 차지했고, 저자는 여러 차례 방송 출연 요청을 받았다. 이후 여행작가로서 확고하게 자리매김을 하고 활발히 활동하고 있다.

## 나는 누구인가?

- 40대 중반 남성. 직장생활 1년, 자영업 3번 실패, 4번째에 성공하여 연매출 200억 원 달성.

- 군 제대 5개월을 앞두고 엑셀 동영상 편집 등 인터넷 관련 서적 수십 권 읽음.

## 책의 콘셉트는?

- 경험을 토대로 한, 왜 실패했는지에 대한 비즈니스 성공학. 여러 번 실패한 경험으로, 어떻게 하면 망하지 않고 사업을 성공시킬 수 있는지 그 실전 노하우를 공유한다.

- 책을 통해 배우고 익힌 유튜브 동영상 만들기.

- 작은 회사 200퍼센트 매출 올리는 노하우.

이런 비슷한 사례로 성공한 책이 바로《스마트스토어(스토어팜) 마케팅》이다. 전문 분야의 책이지만 최근 많은 사람이 관심을 갖기 시작한 분야라 출간 직후 경제경영 분야 베스트셀러 2위를 달성했다. 2주 만에 재판을 찍었고, 2개월 만에 2만 부를 돌파했다.

**사례③**

**나는 누구인가?**

-40대 초반 여성.

-IT 회사 8년 근무. 프로그램 개발, IT 전문가.

**책의 콘셉트는?**

-8년간 한 IT 회사에서의 경험과 노하우를 살려 4차 산업혁명 시대에 어떻게 대처할지를 논한다.

-빌 게이츠, 스티브 잡스, 스티븐 스필버그, 피터 잭슨 등의 유명인
들은 모두 '학력파괴자들'이었다. 학교를 떠나 성공한 자들의 비
결을 알려주는 책도 가능하다.

자, 사례를 잘 살펴보았다면 이번에는 실전 연습을 한번 해보자.
두 개의 질문을 던질 텐데, 두 개의 빈칸을 모두 채워보자. 첫 번째
박스는 내가 임의로 정한 누군가에 대한 것이다. 나머지 하나는 당
신 자신에 대한 것이다. 앞에서 한 것을 토대로 채워보자.

**문제 ①**

**나는 누구인가?**

-60대 은퇴한 남성.

-혼자 떠나는 여행을 계획하고 있다.

-바둑을 좋아하고 꽤 잘하는 편이다.

**책의 콘셉트는?**

_____

_____

_____

_____

**문제 ❷**

나는 누구인가? (당신에게 해당되는 내용을 써보라.)

_____

_____

_____

_____

책의 콘셉트는?

_____

_____

_____

_____

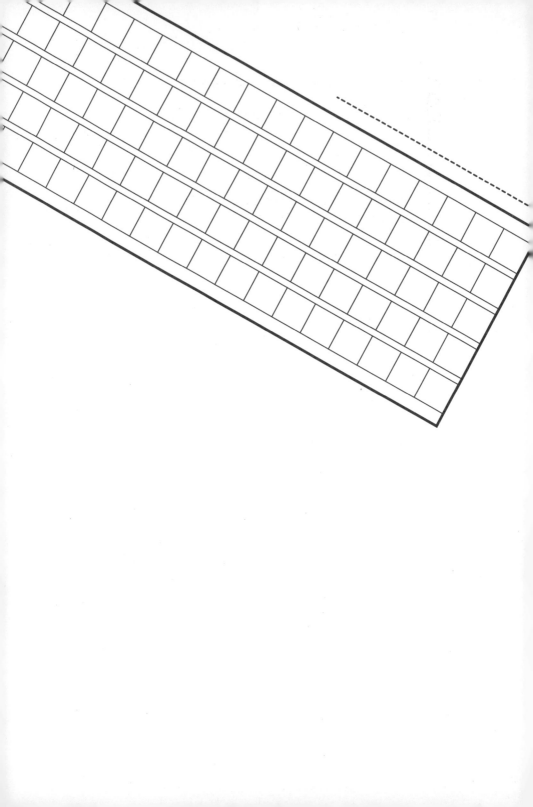

# 본격적으로 글을 써보자!
# 집필의 9가지 단계

-----------------------------------------------------

원고를 집필하기에 앞서 여러 준비를 하게 되는데,
역시 가장 좋은 건 '독서'다.
아마 책쓰기를 위해 다른 책들을 본 적 있다면 느낄 것이다.
대부분 '독서'를 엄청나게 강조하고 있다는 사실을 말이다.
그만큼 독서는 중요하고, 필요하며, 필수적이다.
초보 작가든 아니든 모방을 통해 창작하고,
이미 읽은 내용들을 숙지하고,
그것을 새로이 조합해 글로 탄생시키게 된다.
피카소가 그러지 않았나,
최고의 예술은 모방이라고.
책쓰기는 그렇게 이루어진다.

## 책을 봐야
## 책이 보인다

　원고를 집필하기에 앞서 여러 준비를 하게 되는데, 역시 가장 좋은 건 '독서'다. 아마 책쓰기를 위해 다른 책들을 본 적 있다면 느낄 것이다. 대부분 '독서'를 엄청나게 강조하고 있다는 사실을 말이다. 그만큼 독서는 중요하고, 필요하며, 필수적이다.

　초보 작가든 아니든 모방을 통해 창작하고, 이미 읽은 내용들을 숙지하고, 그것을 새로이 조합해 글로 탄생시키게 된다. 피카소가 그러지 않았나, 최고의 예술은 모방이라고. 책쓰기는 그렇게 이루어진다.

　그런데 책을 많이 읽는 게 좋다고 무조건 많은 양을 속독하는 것은 옳지 않다. "나 일 년에 책 삼백 권 읽어요" 하고 말해놓고는 정작 "그중에서 가장 인상에 남는 책이 있으면 좀 이야기해주세요" 하면 머리를 긁적인다. 책 속에 있는 것들이 전혀 내 것으로 숙지되지 않은 것이다. 모든 책을 정독하고 내 것으로 만들 필요는 없지만, 어차피 투자하는 시간인데 욕심을 내길 바란다. 혹시 도움이 될까 싶어 나의 독서 방법을 잠시 말해보겠다.

나는 몇 년 전부터 매일 새벽에 일어나 두 시간씩 책을 읽고 필사를 한다. 그 과정에서 나만의 독서 방법을 터득하고 지속하고 있는데, 언젠가는 내 책을 쓸지도 모른다는 생각을 한 것 같다. 물론 그런 목적이 아니라도 책을 읽고 거기에다 메모하는 습관은 내 삶을 전보다 훨씬 풍성하게 만들었고, 글을 쓰거나 말을 할 때 나도 모르게 좋은 말들이 쏟아져 나오는 바탕이 되어주었다.

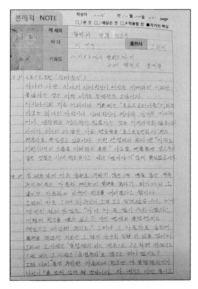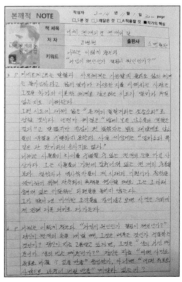

우리가 그림을 그릴 때 가장 먼저 따라 그리기를 배우며 차차 실력을 늘려가듯이 글도 다른 사람의 글을 읽고 그것을 따라 쓰고, 그 위에 내 생각을 덧붙이는 과정을 통해 실력을 키울 수 있다.

시간이 흘러 책 속에 기록된 나의 메모를 볼 때 깜짝 놀라곤 한다.

"아니, 이렇게 멋진 글을 내가 썼단 말이야? 내 손으로 직접?"

독서할 때 메모는 꼭 권하는 바다. 이런 노력들이 당신이 좋은 저자가 되는 밑거름이 되어줄 것이다.

물론 처음부터 잘 쓰기란 쉽지 않다. 책을 펼치면 책 읽기에 급급해 저자의 의도나 생각을 전혀 읽지 못하기도 한다. 그래서 나는 1년 동안 책 속 명언이나 좋은 문구를 필사했다. 아래 이미지는 내가 그동안 해온 필사 방법을 잘 보여준다. 처음에는 그냥 좋은 문구를 뽑아서 나열했고, 그것이 좀 익숙해지면 그 아래에 내가 생각하는 것들을 보태어 메모했다. 나중에 보니 그 자체가 시가 되기도 하고, 좋은 글이 되기도 하고, 일기가 되기도 했다.

책 속 문구 중 마음에 탁 와 닿는 게 있을 때는 밑줄을 긋고 내 생각을 덧붙여 글을 써보기도 했다. 아래의 책은 《괴테와의 대화》로, 책에 나온 일부분에 내 생각을 합해 메모한 글이다. 그렇다면 이것이 괴테의 글일까? 결코 아니다. 이 글은 괴테의 글을 모방해서 쓴 제2의 창작물이다.

한겨울 빙어잡기를 하기 위해 얼어붙은 강가에 수백 명이 몰려나와 너도 나도 구멍을 뚫어 낚시를 하지만, 강의 깊이가 얼마며 얼음 밑에는 어떤 종류의 물고기들이 헤엄치고 있는지를 알아보려고 하는 사람은 아무도 없다.

아래의 책은《지적 자본론》인데, 내용을 읽다가 순간 '빛이 없으면 사람은 사물을 볼 수 없다'는 한 문장에 꽂혔다. 그리고 선험적 경험의 영감이 떠올라 새로운 글을 써보았다. 시작은 글의 내용 속 한 문장이었지만, 내가 쓴 문장은 내용과는 상관없는 순수한 나만의 창작물이다. 당시에도 놀랐지만, 지금도 여전히 내가 어떻게 이런 문장을 쓸 수 있었는지 믿기지 않는다.

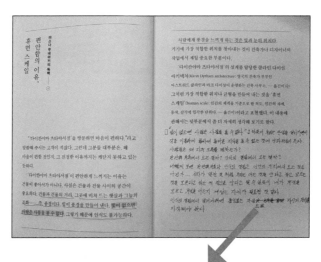

"빛이 없으면 사람은 사물을 볼 수 없다"고 하듯이
우리는 인생을 살아가면서 각종 이돌라에 휩싸여 올바른 지식을 볼 수 없음이
안타깝다.
사람은 왜 자주 오류를 범하는가?
판단력 부족에서 오는 걸까? 인식의 결핍에서 오는 걸까?
어떻게 보면 판단력 부족과 인식의 결핍은 인간의 무지에서 오는 것은 아닌가…….
공자가 말한 것처럼 우리는 아는 것을 안다고 하고 모르는 것을 모른다고 하는 게
참으로 안다고 할 수 있듯이
내가 무엇을 모르고 무엇을 아는지 깨닫는 자세가 필요한 것 같다.
인식의 결핍에서 벗어나려면 끊임없는 자성으로 자신의 무지를 자각해야 한다.

## 원고 집필의
## 9가지 단계

　책을 읽고, 자료를 찾고, 다른 사람들의 이야기도 듣고, 얼만큼 준비가 되었다면 글을 써야 한다. 앞에서도 이야기했지만 이 책에서 나는 '문장력'을 논하지는 않을 것이다. 내가 그 분야의 전문가가 아니기도 하지만 그것이 책쓰기의 핵심은 아니기 때문이다. 물론 중요하다. 공부하고 연습한다면 분명 차별성 있는 책을 쓸 수 있고, 내용면에서 훨씬 가치가 높아진다. 그러나 그것에 매달려 다른 것을 놓친다면 책쓰기에서는 정말 의미 없는 일이겠다.

　원고를 집필할 때 갖춰야 하는, 아니, 갖추면 훨씬 득이 되는 9가지를 소개하겠다. 이 내용 역시 내가 공부하고, 정리하고, 강의하면서 터득한 노하우이므로 자신의 것으로 흡수하면 좋겠다. 그리고 이 9가지 속에는, 책 내용을 어떻게 써야 하는지에 대한 방법도 있고 집필의 바탕이 되는 자질을 키우기 위한 방법도 있고, 실제로 좋은 글이 어떤 것인지에 대한 내용도 있다. 모두 묶어서 9가지로 표현했으니 차근차근 잘 살피면서 따라오길 바란다.

### 1단계. 서문을 쏠 때는 '동기부여'에 초점을 맞춰라.

작가들마다 글을 쓰는 방식이 다르듯이 책을 쓸 때에도 자꾸 하다 보면 자기만의 방식이 만들어진다. 서문만 해도 누구는 책을 시작할 때 가장 먼저 쓰고 또 누구는 본문을 다 완성해놓고 마지막에 요약하기도 한다. 그런데 서문은 말 그대로 '책을 여는' 글이기 때문에 특히 초보 작가들은 먼저 쓰고 본문을 시작하면 좋다. 왜냐하면 서문에는 내가 이 책을 왜 쓰게 되었는지, 독자들에게 이 책을 왜 주고 싶은지, 그리고 독자들이 어떤 관점과 방법으로 이 책을 읽으면 좋은지 등이 담기기 때문이다.

저자는 서문을 쓰는 과정에서 자신이 하고자 하는 이야기를 한 번 더 요약, 정리할 수 있고 본문에 이어질 글의 톤과 주제의식을 명확히 확인하게 된다. 서문은 본문에 들어가기 앞서 '워밍업(준비 단계)'이라고 할 수 있는데, 운동에서도 준비운동이 중요하듯 서문도 독자들의 마음이 '확' 열릴 수 있도록 잘 써야 한다. 무엇보다 그들이 '이 책을 읽어야 하는 당위성'을 느낄 수 있도록 설득력을 가져야 한다.

### 2단계. 문장은 쉽고 간결하게!

여기서 소개하는 '책쓰기'는 문학 작품을 제외한 다른 책들에 더

해당하는 팁들이다. 그렇기에 문장은 최대한 쉽고, 간결하고, 깔끔하게 적는 것이 가장 좋다.

글쓰기에 원래부터 자질이 있거나 오랜 연습을 통해 실력이 월등한 상태라면 자신의 문장에 좀 더 수식을 붙이고, 멋스럽게 다듬어도 된다. 그러나 간단명료해야 더 내용이 잘 들어오는 자기계발서 등은 되도록 쉽고 명료하게 쓰기를 권한다. 대신 글의 흐름에 리듬을 주어 지루하지 않게 해주면 된다.

### 3단계. 에피소드, 예시를 충분히 활용한다.

사람들은 예시를 좋아한다. 적절한 비유와 재미있는 예시는 평범한 책을 재미있게 만들어준다. 같은 이야기도 예시를 들어 설명하면 훨씬 잘 이해되고 귀에 쏙쏙 들어온다. 물론, 글을 쓰는 중간중간 필요한 모든 예시가 머릿속에서 곧장 떠오르지는 않을 것이다. 그래서 사전에 내 글의 주제와 관련된 많은 자료를 찾아두는 것이 좋다. 필요한 곳에 적절히 에피소드를 배치한다면, 훨씬 풍성하고 재미있는 책이 될 수 있다.

### 4단계. 자신의 이야기만 하지 말고
### 독자들이 궁금해하는 것을 담아라.

왜 이 항목이 집필 단계에 들어 있을까. 처음에는 '그렇게 해야지' 하고 시작하지만 막상 책을 쓰다 보면 자꾸 일방통행이 된다. 내 이

야기만 하는 것이다. 글은 기본적으로 '나의 이야기'가 바탕이 되는
건 맞다. 하지만 그게 독자들도 듣고 싶은 이야기일지를 계속 재검
열하는 게 필요하다. 책을 통해 독자들과 소통하고 사람들에게 영향
을 끼치기 위해 쓰는 글이므로 그 목적과 방향성을 유지하는 것은
매우 중요하다. 글을 쓰는 동안 이 사실을 절대 잊지 말자.


## 5단계. 기승전결로 구성을 짜라.

　재미있는 영화의 조건은 일단 반전이 확실해야 하며, 기승전결이
잘 짜여서 긴장감과 재미를 모두 제공하는 것이다. 비단 영화에만
해당하는 것이 아니다. 노래도 인트로(Intro)와 후크(Hook)가 있어
서 처음에는 마음을 살살 녹이며 시작했다가 클라이맥스에서 마음
에 확 불을 질러버린다. 사람들은 그러한 전개를 좋아하고 매료되며
흥미와 재미를 느낀다.

　글은 특히 이런 전개를 따르는 것이 중요하다. 문학 관련 수업을
한 번이라도 들은 사람이라면 기억할 텐데, 글에는 반드시 '기승전
결'이 있어야 한다. 좋은 글은 사람들을 웃기기도 하고 울리기도 하
고 긴장하고 가슴 졸이게도 하고 또 편안하게 만들어주며 독자를 가
지고 논다. 문장에도 리듬감이 있어야 하지만 책도 처음부터 끝까지
리듬을 타면서 전개되어야 시간 가는 줄 모르고 집중할 수 있다. 그
기본이 바로 '기승전결'이다.

　어쨌든 시작과 끝은 명확하면서도 임팩트 있게, 중간 흐름은 리듬
감이 있게 구조를 잘 짜보자. 사실, 이 흐름을 짜는 것은 내 책을 담

가끔, 전혀 낯선 곳에서 나만의 상상의 나래를 펼쳐보자.
새로운 환경, 낯선 풍경은 생각을 전환하는 데 도움이 된다.

제임쓰양

당할 기획·편집자의 도움을 받는 게 좋다. 물론 궁극적으로는 스스로 하는 게 목표지만……

### 6단계. 나만의 문체를 발견하라.

'스타일'이라는 말을 많이 쓰는데, 문체에도 '스타일'이 있다. 책은 보통 그 책을 쓴 저자와 많이 닮는데 그래야 좋은 결과물이라고 생각한다. 저자와 동떨어지고 전혀 닮지 않은 책은 왠지 맞지 않는 옷을 입은 듯 어색해 보인다. 어쩌면 저자 자신이 표현하고자 하는 것을 충분히 담지 못해서일지도 모른다.

책의 스타일을 결정하는 건 제목과 표지 등 여러 요소가 있겠지만, 기본적으로는 책의 콘셉트와 글의 톤이다. 우선 콘셉트는 앞에서 정했기 때문에 이제 그 위에 글을 통해 내용을 채워야 하는데, 여기에 '어떤 문체 어떤 톤'(영화를 만드는 사람들은 이를 '톤 앤 매너'라고 한다)의 글을 쓸 것인가를 고민해보자.

진지하고 다소 무게감이 있어야 좋은가?
발랄하고 쉽고 가벼운 느낌이 좋은가?
위트 있고 간단명료하며 쉽게 쓰는 것이 좋은가?
촉촉하고 따뜻하며 차분하게 쓰는 것이 좋은가?

방법은 여러 가지다. 이 톤을 처음에 결정하고, 나와 잘 맞는지 확인한 다음 집필을 하자. 처음에는 한 문장 한 문장이지만 이것이 모여 하나의 책이 되었을 때는 책 전체의 톤을 결정하므로 신중해야 한다. 이는 대필작가에게 내 책을 의뢰했을 때도 해당하는 이야기다. 샘플 원고를 통해 충분히 톤을 결정하는 게 중요하다. 베테랑 작가는 한 번의 만남으로도 당신의 성향과 어울리는 톤, 그리고 당신이 원하는 스타일을 알아챌 것이다.

## 7단계. 퇴고는 기본이다.

열 번보다 스무 번이 나은 게 바로 퇴고라고 했다. 퇴고의 과정은 필수이며 매우 중요하다. 완성도를 높이고 더 퀄리티 높은 옷을 입히는 단계이기 때문이다. '옷을 입힌다'고 표현했다 해서 글에 무언가 불필요한 것들을 자꾸 덧입히라는 게 아니다. 화장이 마음에 안 든다고 그 위에 자꾸 뭘 더 바르면 나중에 가면이 되어버리듯, 글은 역시나 명료한 것을 기본으로 하는 게 좋다. 퇴고는 이미 완성된 나의 책이 더욱 콘셉트에 잘 맞도록, 독자들이 더 좋아하도록, 더 재밌고 명료해지도록 다듬어가는 과정이다. 퇴고는 어느 정도 기술이 필요한데, 평생 남의 글을 다듬고 고치는 일을 해온 편집자에게 노하우를 배우는 것도 많은 도움이 될 것이다.

일단 스스로 해보자. 글을 읽으면서 걸리적대거나 왠지 의사 전달이 잘 안 되고 꼬였다고 여겨지는 문장과 내용부터 짚어내고 그것을 하나하나 고민하면서 고쳐나가자. 그리고 퇴고에서 가장 중요한 것이 바로 마인드다. 자의가 아니라 타의에 의해(주로 담당 편집자에 의해) 수정을 하는 상황이라 하더라도, "왜 고치라고 난리야!" 하지 말고 더 나은 책을 위해 가는 과정이라 여기고 겸손히 수정에 임하기 바란다. 무슨 일이든 정성을 들여 하면 그 결과는 결코 배신하지 않는 법이다.

### 8단계. 창의적으로 써라.

역시, 참신성이 떨어지는 책은 일류의 조건에서 많이 비켜난다. 남들과 똑같이 하는 걸 극도로 싫어하는 나 또한 글쎄, 엄청나게 창의적이라고 할 수는 없지만 창의적인 사고를 하고 뭐든 다르게 표현하려고 노력은 하는 편이다. 나만의 책쓰기를 하고 있는 당신 또한 그 기본은 바로 '창의성'에 두어야 한다. 일단 다른 사람의 것을 바탕으로 한 모방은 출발은 될 수 있으나 마지막이 되어선 안 된다. 그건 온전히 내 것이 될 수 없고 내용도 결국 재미없다.

그렇다면 창의적으로 쓰려면 어떻게 해야 할까? 문장은 정해진 단어의 조합으로 이루어진다. 결국 그 문장을 만들어내는 것은 나의 사고다. 그래서 창의적인 사고가 중요하고, 평소에 창의력을 키우기 위한 습관을 들이는 것이 중요하다.

아리스토텔레스는 "사물들이 어떤 연관성을 가지게 하는 것이 창의적인 사고"라고 말했다. 즉, 독창적 사고의 핵심은 이미 존재하는 사물로부터 새로운 무언가를 만들어내는 능력을 의미한다. 같은 것을 보고도 새롭게 연결 짓고, 뒤집어 생각하는 등의 훈련은 창의적 사고에 많은 도움이 된다.

내가 감명 깊게 읽은 앨리슨 베이버스톡의 《당신도 베스트셀러 작가가 될 수 있다》에 소개된 '창의력 키우기 10가지 방법'을 간단히 소개해보겠다. 잘 보면서 자신의 삶에 적용해보길 바란다.

첫 번째, 무조건 많이 읽어라, 다방면으로.

역시, 그도 나와 같은 이야기를 1번으로 했다. 읽기는 창의력을 키우는 데도 중요하다. 그 대신 '다방면으로'에 집중해보자. 늘 읽는 분야의 책이 아니라 새로운 분야, 생소한 분야의 책도 읽어보자. 편식하지 말고 골고루 책을 읽으며 여러 저자를 만나다 보면 나도 모르는 사이 참신한 사고를 하는 두뇌로 길들여질 것이다.

두 번째, 꿈꿔라. 가능한 모든 것에 대해 몽상하라.

내가 이런 사람이 된다면? 내가 이런 꿈을 이룬다면? 내가 이런 직업을 가진다면? 내가 누군가를 만난다면? 이러한 상상들은 창의성에 굉장한 도움이 된다. 멍하니 있는 시간을 상상하는 시간으로 바꿔보라.

세 번째, 시간을 투자하라.

책쓰기는 단순한 취미라고 하기엔 매우 난도가 높은 일이다. 일단 제대로 하고 싶다면 충분히 시간을 투자하라. 앞에서도 이야기했지만 책쓰기만큼 좋은 자기계발은 없다. 하루 한 시간, 혹은 그 이상을 투자하는 것도 좋다. 고도의 집중력은 탁월성을 발휘하게 한다고, 아인슈타인도 말하지 않았던가.

네 번째, 재미있게 살아라. 계획하지 않았던 일을 하라.

틀에 박힌 삶은 역시 창의성과는 관계가 없다. 자꾸만 내 일상을 벗어나 새로운 일에 도전하고 계획에 없던 일을 한 번씩 도발적으로 함으로써 창의성을 키울 수 있다.

다섯 번째, 예술 분야의 트렌드를 주시하라. 뒤지지 마라.

새로운 영화를 보고 음악을 듣고 전시를 보고 공연을 보고 잡지도 가끔 보아라. 이러한 활동은 당신의 두뇌를 환기시키고 새로운 것들로 장착하는 데 도움이 된다. 반드시 당신의 책쓰기에도 영향을 미칠 것이다.

여섯 번째, 하루 중 내가 가장 창의적인 순간이 언제인지 파악하라.

당신의 머리가 맑아지며, 좋은 생각들이 떠오르고, 상상이 유독 잘되는 시간이 언제인가? 사람마다 다르므로 그 시간을 파악하고 오롯이 내 시간으로 만들어라. 효과가 더 클 것이다.

일곱 번째, 새로운 것을 배워라.

평소 취미는 무엇인가? 그것 외에 다른 걸 한번 배워보자. 꼭 돈이 많이 드는 무엇이 아니어도 된다. 새로운 것을 배우는 과정을 통해 닫혔던 두뇌의 문이 열린다.

여덟 번째, 새로운 것을 들어라.

음악 듣기를 좋아하는가? 우리는 취미란에 주로 '음악 듣기'를 쓰곤 했는데, 새로운 것들을 귀로 듣는 것은 창의적 사고에 엄청난 영향을 미친다. 따라서 귀로 들을 수 있는 새로운 이야기와 새로운 콘텐츠를 많이 접하자. 음악, 라디오, 주변 사람들의 이야기 등 대상은 여러 가지다.

아홉 번째, 시간적·경제적으로 여건이 된다면 지금과는 전혀 다른 직업을 가져보라.

이것은 다분히 미국적인 내용이지만 정말 추천해보고 싶기도 하다. 직업만큼 새로운 경험과 도전의 장이 열리는 것은 없다. 나도 가끔은 지금 하고 있는 일과 전혀 다른 일을 한번 해보고 싶어질 때도 있다. 패션디자이너, 방송국 PD, 세계적인 마술사 등등 누구든 꿈은 꿀 수 있는 것이다.

열 번째, 자신만의 의견을 가져라.

이 말은 곧 자기주장이 뚜렷한 사람이 되라는 뜻이다. 자기가 생각하는 것, 삶의 기준, 가치관 등을 명확히 정리하는 것은 매우 중요하다. 창의적 사고 또한 이 바탕 위에서 재창조되며 만들어진다. 이러한 사고는 설득력 있는 글을 쓰는 데 많은 도움이 된다.

이제 마지막 9단계를 남겨두고 있다. 역시 중요한 것은 맨 뒤에 등장해야 하므로 '목차 잡기'를 이 장의 마지막에서 정리하기로 한다. 글에서 목차는 뼈대가 되는 가장 중요한 본문의 하나이므로 처음부터 잘 설정하지 않으면 나중에 재미없고 읽기 싫은 책이 되는 데 큰

기여를 한다. 여기서는 제목과 마찬가지로 목차를 짜는 실습을 해볼 것이다. 이 실습은 스스로 책을 쓰는 과정에 많은 도움이 될 것이다.

### 9단계. 목차를 잘 잡아라.

아무리 매력적인 내용이라도 목차에서 그것이 잘 표현되지 않으면 독자들의 공감을 얻어내기 어렵다. 책을 집어 들었을 때 가장 먼저 보는 것이 제목, 표지, 목차다. 목차가 끌린다면 이미 반은 성공한 셈이다. 그렇다면 목차는 어떻게 잡아야 할까?

제목은 내용과 전혀 상관없이 지어도 된다. 포장이기 때문이다. 먹고 싶게 만드는 포장. 하지만 목차는 안에 이런 내용이 담겨 있구나, 하는 걸 보여주는 것이라서 제목처럼 지어서는 안 된다. 아무리 많은 이야기를 담아도, 그게 아무리 매력적이어도 한눈에 보이지 않으면 무용지물이다. '목차 구성에는 가독성이 필요하다'고 여러 책에서 이야기하듯 좋은 목차는 주제를 잘 표현하고, 재미있고 쉽게 구성되어 있으며, 일목요연하고 가독성이 좋아야 한다. 한마디로 보기 편해야 한다.

사람들은 언제나 잘 요약된 무언가를 보며 호기심을 느끼고 구매욕을 느낀다. 따라서 목차는 책의 요약본이나 마찬가지라 생각하고 잘 잡아야 한다. 그리고 목차의 문장 자체도 흡인력이 있어야 한다. 마음에 탁 와 닿는 끌림, 그게 중요하다.

자, 실전 연습을 해보자.

몇 개의 예시에서 원래 목차와 고친 목차가 어떻게 달라졌는지 보게 될 것이다. 그런 후 내가 내는 문제에 한번 답해보자. 정답은 없지만 최대한 스스로 한번 뽑아내어 정답보다 뛰어난 답을 만들어보길 바란다.

목차 만들기
실전 연습

목차는 어떠해야 한다고 했는지 기억해보자.

① 책의 내용을 잘 요약하고 있어야 한다.

② 그러면서도 책의 콘셉트를 잘 반영하고 있어야 한다.

③ 전체 내용을 작은 단위로 요약해놓은 한 페이지짜리 원고다.

지금 소개하는 책들은 베스트셀러에 한 번쯤 올랐던 것들로, 목차 하나하나를 매우 잘 잡았음을 알 수 있다. 기존의 목차와 새 목차를 비교하면서 살펴본 후, 실전 연습을 해보자.

먼저, 분야별로 세 가지 예시를 들어보겠다. 기존 목차에서 어떤 식으로 바뀌었는지를 살펴본 다음 실전 연습으로 넘어가보자. 실전 연습에서는 해당 내용을 읽어보고 직접 목차를 만들어볼 것이다. 그리고 실제로 어떻게 목차가 지어졌는지, 그 이유는 무엇인지도 한번 살펴보자.

**예시 ①**

### 자기계발 분야 도서

제1장 치열하게 노력하라-노력으로 안 되는 일은 없다 ---------------

① 노력하지 않으면 천재도 아무런 소용이 없다 ---------------

② 성실과 지혜는 쌍둥이처럼 붙어 다닌다 ---------------

③ 반성을 해야 발전이 있다 ---------------

④ 지금 잠자며 흘리는 침이 내일의 눈물이 된다 ---------------

제2장 무적의 믿음-할 수 있다는 믿음을 가져라 ---------------

① 자신감이 기적을 만든다 ---------------

② 열등감의 늪에 빠지지 마라 ---------------

③ 인생이라는 바다에 온전한 배는 없다 ---------------

④ 진정한 자신감은 강한 의지에서 나온다 ---------------

제3장. 인간은 신이 베어 먹은 사과 ---------------

① 완벽한 인생은 없다 ---------------

② 평범함 속의 비범함 ---------------

③ 제멋대로 하면서 마음이 편하길 바란다? ---------------

**예시 ②**

### 인문교양 분야 도서

제1장 지식은 죽을 때까지 배우고, 지혜로 살아나가자 ---------------

① 많이 아는 것도 중요하지만 지혜로운 것이 더욱 중요하다 ---------------

② 절대로 책벌레가 되지 말자 ---------------

예시❸ **소설, 에세이 분야 도서**

놀라운가? 편집자의 손을 거쳐 완전히 새로운 목차가 탄생했다. 목차만 보아도 왠지 확 끌리는 느낌일 것이다. 자, 이제 당신도 목차 잡기의 귀재가 되기 위해 실전에 들어가야 할 때다. 지워져 있는 부분의 목차를 한번 채워보자. 아래 요약된 내용을 본 후 당신이라면 어떤 제목으로 잡을지 적어보라.

**실전①**

### 도서명: 나를 위로하는 그림

**목차 쓰기** 내가 만든 목차

**요약 내용**

사실 나는 책을 별로 좋아하지 않는 아이였다. 어렸을 때 엄마가 읽어주던 책 소리는 듣기 좋은 자장가였고 부모님이 큰마음 먹고 사준 세계문학전집이나 전래동화도 성화에 못 이겨 겨우 몇 권 읽었을 정도로 책읽기를 기피했다. 어린 시절, 내게 독서란 지루하고 답답한 행위로만 느껴졌다. 그런 내가 책을 펼치기가 무서울 정도로 책에 빠져 살기 시작한 것은 스무 살 무렵부터였다. 대학 시절, 시간이 생기면 무조건 도서관으로 달려가 전공 서적부터 시, 소설, 에세이 등을 닥치는 대로 읽고 또 읽었다.

미친 듯이 책에 빠져 지냈던 이유는 아마 세상에 대한 답을 책 속에서 구하려 했던 것 같다. 너무나도 복잡한 시간이었기에 조용히 보내는 시간이 필요했다. 책을 읽는다는 것은 생각의 양은 줄이고 생각의 질은 높이는 과정이었다. 그런데 책이 내게 선물한 것은 세상에 대한 답이 아니라 세상에 대한 이해였다. 영국의 소설가 클라이

브 루이스가 "우리는 혼자가 아니라는 사실을 알기 위해 책을 읽는 다"고 했듯이 독서란 나와 다른 생각을 가진 사람을 이해하는 일이 었고 타인의 역사를 존중하게 되는 훈련이었다.

집에서 하는 독서는 내가 원하는 책과 온전히 마주할 수 있어서 좋다. 한낮에 창문을 열고 햇볕의 아늑함을 느끼며 독서하는 것을 즐기고 주말 아침, 따뜻한 커피 한 잔과 함께 평소 읽고 싶었던 책을 맘껏 읽으며 시간을 보내는 것은 소중한 낙이다.

생각해보면 수많은 책이 나와 함께했다. 청춘의 시기에 나를 붙잡았고 때로는 때려주었던 책. 내 유폐된 날들의 벗이 되어준 책. 간결한 문장의 조응이 묵직한 울림으로 전해지는 책. 냉철하고 다감한 시선이 함께 있어 따뜻하면서도 속 시원하게 해결해주던 책. 슬프고 깊고 아름다우면서도 적확하려는 자세마저 느껴지는 책. 이 모든 책들이 그 시절 나의 버팀목이 되어주었다.

어쩌면 인간의 삶이란 한권의 책을 써내려가는 과정인지도 모른다. 그 지난하고도 고통스러운 과정을 견뎌야만 책 한권이 완성되듯이, 언젠가 마칠 삶의 마침표를 향해 우리는 오늘도 묵묵히 나아간다.

**결과: 책이 주는 달콤한 평온**

목차를 이렇게 지은 이유: 서정적인 감성을 담은 담백한 에세이 책이다. 목차를 지을 때는 책의 성격과 전반적인 콘셉트를 잘 이해하고 일관성 있게 지어야 한다. 목차는 기본적으로 그 꼭지의 내용을 적절하게 잘 담고 있으면서도, 그 꼭지에서 저자가 꼭 말하고 싶어하는 부분 역시 잘 드러내주어야 한다. 이 꼭지에서는 책을 싫어했던 저자가 대학교 시절부터 책을 가까이하기 시작하면서 책 속에서 삶의 답을 구하고, 그렇게 읽은 책들이 버팀목이요 기쁨이 되어 주었다고 이야기한다. 따라서 책이 마음에 평온을 주었고, 그것이 달콤했다고 표현해 저자의 심정을 촉촉한 느낌으로 반영함으로써 에세이의 감성을 잘 살리고 있다.

(기출간 도서로 작가가 출판사의 허락을 받아 게재하였습니다)

### 실전❷ 도서명: 물만 끊어도 병이 낫는다

**목차 쓰기** 내가 만든 목차

#### 요약 내용

탄수화물, 단백질, 지방, 비타민, 무기질과 더불어 물도 우리 몸에 꼭 필요한 영양소이다. 모든 영양소는 너무 많지도, 너무 부족하지도 않은 딱 적절한 양을 섭취했을 때 가장 좋다. 너무 과하거나 부족하면 어떤 형태로는 건강에 부담을 준다.

물도 마찬가지다. 물은 우리 몸의 윤활유 같은 존재다. 오장육부가 촉촉한 상태를 유지하며 제 기능을 다할 수 있게 돕고, 신진대사를 돕는 각종 물질들을 만들고, 혈액을 구성하는 주요 성분이기도 하다. 그래서 부족하면 우리 몸 여기저기서 불균형이 생기고, 최악의 경우 생명이 위태로울 수도 있다.

하지만 물이 과해 생기는 부작용도 만만치 않다. 어떤 사람들은 다른 영양소와는 달리 물은 열량이 없고, 다른 성분이 포함되어 있지 않으므로 많이 마셔도 몸에 쌓이지 않는다고 말한다. 쓰고 남은 물은 다 몸밖으로 배출되기 때문에 안심하고 많이 마셔도 된다는 것이다.

그렇지 않다. 물도 다른 영양소처럼 너무 많이 마시면 몸에 축적된다. 신진대사에 아무런 문제가 없으면 남은 물을 몸밖으로 배출하겠지만 지속적으로 많은 양의 물을 마시면, 신장이 걸러낼 수 있는 물의 양에 한계가 있기 때문에 신장에 무리가 가 미처 물을 배출시키지 못하고 몸에 쌓이게 된다. 그렇게 쌓인 물이 순환되지 않고 정체되어 있으면 더 이상 물은 우리 몸에 필요한 영양소가 아닌 독이 된다.

우리 몸에 물이 독으로 쌓이지 않게 하려면 물을 잘 마셔야 한다. 어떻게 물을 마시는가에 따라 물은 약이 될 수도, 독이 될 수도 있다.

**결과: 하루 2리터의 강박증에서 벗어나라**

목차를 이렇게 지은 이유: 이 책은 제목만으로도 그 인상이 매우 강렬하다. 따라서 그 목차 또한 한 꼭지 한 꼭지가 사람들의 기존 생각을 부수고 선입견을 바꾸어줄 만큼 강렬해야 할 것이다. 많은 사람이 '하루 물 2리터를 마셔야 건강하다'는 상식을 갖고 있다. 이를 이용해 목차를 이렇게 잡음으로써 그 생각을 완전히 바꾸어주고 호기심을 불러일으킨다. '그래? 그렇단 말이야? 대체 무슨 얘기지?' 하며 내용을 궁금하게 해주는 것이다.

건강 서적이나 실용 서적은 특히 기존 상식의 틀을 바꾸기 위해 목차를 자극적이고 강하게 구성하는 경우가 많다. 사람들이 스쳐 지나가버리고 말 제목은 기존 도서들과의 차별성을 주지 못하기 때문이다.

(기출간 도서로 작가가 출판사의 허락을 받아 게재하였습니다)

**도서명 : 나는 사업이 가장 쉬웠어요**

**목차 쓰기** 내가 만든 목차

**요약 내용**

내 어머니는 학교 교육을 받아보지 못한 까막눈에 일밖에 모르는 전형적인 시골 분이셨다. 하지만 어머니의 장점이자 강점은 칭찬이었다. 요술방망이 같은 어머니의 칭찬 한마디, 난 그 덕에 아무리 악조건 속에 있을 때도 긍정적인 사고를 가질 수 있었다. 긍정적인 사고는 나는 안 된다는 수많은 생각들을 극복할 수 있게 했고, 미래를 바꿀 수 있게 했다.

100년이 지났지만 아직도 미국 사람들의 가슴에 자리 잡고 있는 링컨 대통령. 링컨은 가정이 너무 어려워 7살 때 집을 쫓겨났고 9살에는 어머니까지 잃었다. 링컨은 "기회는 기다리는 것이 아니라 찾아다니는 것이다."라는 어머니의 유언을 늘 가슴에 품고 살았다. 그는 실직, 파산 등 삶의 풍파로 우울증과 신경쇠약을 겪기도 했다. 그러나 어머니의 유언을 가슴에 품은 링컨은 포기하지 않고 인내와 도전으로 1860년에 미국 대통령 당선이라는 성공의 신화를 낳게 된다. 그의 의지와 인내가 결국 성공의 키를 잡게 된 것이다. 링컨이 중도에 포기했다면 오랜 시간 국민들의 가슴에 남는 업적을 남기는 대통령이 되지 못했을 것이다.

어머니는 내가 뒤늦게 공부를 열심히 해 성적이 오르자 "네가 이렇게 가난한 집에서 태어나서 이만큼 하는 게 어데고! 우리 아들 정말 대단하데이. 너는 장래 크게 될 끼다!"라고 말씀하셨고, 밥을 잘 먹으면 "밥을 복스럽게 먹네. 밥을 복스럽게 먹으면 인복이 있다. 니는 장래에 인복이 많을 거다."라고 하셨으며, 글씨를 쓰면 "니는 글씨를 참 바르게 쓴다. 마음이 곧아야 글씨도 잘 쓰는 건데, 니가 마음이 곧으니 글씨를 잘 쓰는 거다."라고 하셨다. 소소한 것을 놓치지 않고 칭찬해주신 어머니 덕분에 난 자신감을 가질 수 있었다. 이것은 어머니가 내게 물려주신 가장 큰 자산이다.

몇 년 전 모 방송에서 말의 씨에 대한 실험을 본적이 있다. 밥을 두 유리 용기에 넣고 한 용기 밥에게는 매일 "재수 없어, 미워."라는 말을 하고 다른 한 용기에는 "사랑해, 고마워."라는 말을 해주었다. 3주가 지나고 두 밥의 결과는 너무도 달랐다. 전자의 밥은 시커먼 색을 띠며 역겨운 냄새를 피우는 반면, 후자는 누런색을 띠며 구수한 누룽지향을 발산한 것이다. 말의 힘이 얼마나 대단한지 새삼 실감한 순간이었다.

칭찬은 고래도 춤추게 한다. 칭찬의 기술은 많이 배우고 못 배우고의 차이에서 오는 것이 아니라고 본다. 자신감과 여유를 가진 사람은 진심 어린 칭찬을 한다. 칭찬을 받는 사람보다 칭찬을 하는 자신이 더 행복하고 관계를 리드한다는 걸 잘 알고 있기 때문이다.

어렵고 힘들 때일수록 자신에게 칭찬을 던져보자. 돈과 힘 안들이고 풍성한 열매가 열리게 하는 요술방망이, 그게 바로 칭찬의 힘이 아닐까.

**결과: 내 도약의 발판은 칭찬이었다**

목차를 이렇게 지은 이유: 이 책은 현재 사장이 된 저자가 자신을 이 자리까지 오게 한 여러 이유에 대해 적고 있다. 어떤 요인이 지금의 자신을 만들었고, 과거의 자신을 변화시켰는지 한 줄 문장으로 정리해주면 좋을 것이다. 독자들은 목차만 보고도 이 사람의 성공 요인을 한눈에 파악할 수 있다. 이 꼭지는, 과거 자신을 있게 한 '칭찬의 힘'에 대해 에피소드를 통해 이야기하고 있다. 작은 것에도 칭찬을 아끼지 않았던 어머니의 칭찬이 자산이 되어, 무엇이든 자신감 있게 도전할 수 있는 자신을 만들었다는 의미를 담은 꼭지이므로 '내 도약의 발판은 칭찬이었다'라는 목차로 잡았다.

(기출간 도서로 작가가 출판사의 허락을 받아 게재하였습니다)

**실전④** **도서명 : 논어, 직장인의 미래를 논하다**

**목차 쓰기** 내가 만든 목차

**요약 내용**

시작은 같으나 끝이 다르다. 시작은 한 줄기였으나 끝은 만 갈래다. 시작은 가까웠으나 끝은 멀어질 수 있다. 부모에게서 한 핏줄을 받고 태어난 형제도 초등. 중등, 고등 교육을 받으면서 점점 다른 길로 멀어지게 된다. 원래 근본은 같았으나 그 중에는 선하고 바른 자식이 있는 반면 제멋대로인 자식도 있다.

대학에서 같은 학문을 전공했다 하더라도 인생을 살면서 점점 다른 길로 멀어지게 된다. 전자공학을 전공했다고 모두 엔지니어가 되는 것은 아니다. 그 중에는 선생님의 길로 들어서는 사람도 있고, 정치가의 길로 방향을 돌리는 사람도 있다. 백수가 되어 있는 사람도 있고, 사업가의 길에서 성공을 꿈꾸는 사람도 있다.

기업에 같이 입사한 신입사원 연수원 동기들도 대리가 되고 과장이 되고 부장, 임원이 되면서 점점 다른 길로 멀어지게 된다. 대리가 된 후 퇴직하여 다른 일을 시작할 수도 있고 부장이 되어 명예퇴직을 당할 수도 있다.

논어에서는 그 원인을 습(習)에 있다고 보았다. 시작은 같았으나 끝이 달라지는 이유는 중간에 어떤 것을 익혔는가, 어떤 습관을 들였는가에 따라 갈린다는 뜻이다. 인성이나 품성은 크게 다르지 않아도 중간에 무엇을 익히는가에 따라 크게 달라진다. 동일한 잣대로 사람을 선발하여 동일하게 출발을 시켜도 그 과정의 학습과 습관에 따라 결과는 천차만별 차이가 난다. 대학입시도 그렇고 입사시험도 그렇다. 치열한 경쟁을 거쳐 대학에 들어가고 회사에 들어가도 그 끝은 모두 다르다.

무엇을 학습하는가, 무엇을 익히는가에 따라 경쟁력이 달라진다. 습관이 경쟁력이라는 말이 있다. 아침에 늦잠을 잔다거나, 책상에 앉으면 조는 습관으로는 자신의 경쟁력을 키울 수 없다. 한 달에 한 권의 책도 읽지 않는 습관을 가지고 있으면서 경쟁력 운운하는 것은 착각이다. 하루에 만보는커녕 천보도 걷지 않는 습관으로 건강을 바란다면 이 또한 착각이다. 말을 앞세우는 습관으로 실행력을 키우기가 어렵다. 먼저 몸을 움직여 습관을 만들어야 그 습관이 인생을 만들게 된다. 그러니 잘못된 습관은 잘못된 인생을 만들고, 좋은 습관은 멋진 인생을 만드는 바탕이 되는 것이다.

핵심은 '습(習)'에 있다. 습(習)자에는 새의 날개를 상징하는 '우(羽)'자가 들어 있다. 이는 습(習)자에 '자주 날갯짓을 한다'는 뜻이 내포되어 있음을 의미한다. 새는 끊임없이 날갯짓을 한다. 날개를 퍼덕거리지 않으면 바로 추락하기 때문이다. 평화롭게 물 위를 떠가는 오리에게는 물 밑에서 쉬지 않고 움직이는 두 발의 고단함이 있다. 물 밑의 분주함이 없다면 물 위의 평화를 유지하지 못한다. 습(習)은 그러한 반복을 의미한다. 무엇을 익힌다는 것은 여러 번 반복하는 것을 기본으로 해야 한다. 쉽게 익힌 것은 쉽게 사라진다. 반복적으로 익힌 것은 쉽게 사라지지 않는다.

### 결과: 습관이 경쟁력이다

목차를 이렇게 지은 이유: 이 책은 전체적으로 자기계발의 냄새를 풍기고 있다. 논어의 핵심 30구에서 배우는 3040 직장인의 미래전략과 경력 설계 노하우를 담았는데, 그중에서도 '습관'이다. 습관은 언제나 중요시되어온 덕목인데, 여기서도 역시 습관의 중요성을 일깨우고 있다. 시작은 같지만 그 끝을 다르게 하는 것, 성공이냐 실패이냐를 가르는 가장 중요한 핵심이 바로 '습관'에 있다고 논어는 이야기한다. 그것은 곧 모든 사람이 같은 조건 속에서도 경쟁에서 이길 수 있는 핵심 요인이라고 여겼기 때문이다. 따라서 이 장의 제목을 '습관이 경쟁력이다'라고 지었다.

(기출간 도서로 작가가 출판사의 허락을 받아 게재하였습니다)

바로 옆에 실제 출간 기획안을 첨부하니, 잘 살펴 좋은 기획안을 작성하길 바란다. 이는 기출간 도서의 출간 전 기획안으로, 저자의 허락을 받아 기획 당시의 날것 그대로를 올리는 바다.

| | 출간기획안 | 작 성 자 : (주)엔터스코리아 |
|---|---|---|
| | 이 문서는 ㈜엔터스코리아의 지적 자산이므로, 저작권법에 의해 무단복사, 재배포를 금지합니다. | 작성일 : 2017년 4월 |

| (가)제목 | 나에게 불황은 없다<br>- 열정에 진심을 더하다!<br>억대 연봉 백화점 매니저의 불황 극복 프로젝트 | | | | |
|---|---|---|---|---|---|
| 저 자 | 전현미 | 예상면수 | 270p 내외 | 예상가격 | 13,800원 |
| 출간예정일 | 2017년 12월 | 분류 | 국내도서>자기계발>성공학/경력관리 | | |
| 사진/일러스트 유무 | 無 | 있다면 몇 컷 | - | | |
| 저자 소개 | 경력<br>- (    )롯데 백화점 '폴로'매니저<br>- (    )신세계 백화점 본점 남성정장 매니저<br>- (    )신세계 백화점 강남점 아웃도어 매니저<br><br>수상 경력<br>- 신세계 백화점 패션 어드바이저 (2006)<br>- 신세계 백화점 직무올림피아드 제4회 남성 마에스터 (2008)<br><br>강의<br>- (    )(주)아리오 판매 사원 및 숍 마스터 양성 과정 강사 | | | | |

■시장 환경 및 기획 의도

불황을 극복하기 위한 노하우 대공개!

신세계 백화점엔 이런 풍문이 돈다.

**"전현미가 맡은 매장은 뭐가 달라도 다르다."**

백화점 제일 안쪽 구석 매장, 사람의 발길도 닿지 않는 매장의 매니저를 맡아 매출 200% 수직 상승을 기록한 저자를 두고 동료 직원들이 한 이야기다. 그러나 저자는 이런 칭찬에 감사해하는 한편, 자신이 눈부신 성과를 올리기 위해 흘렸던 피와 땀과 눈물의 힘을 결코 가볍게 여기지 않는다. 매장 홍보를 위해 지하 3층부터 지상 10층까지 발가락이 부르틀 정도로 발로 뛰며 홍보지를 돌려 얻어 낸 값진 성과는 그녀가 들인 노력에 비하면 어쩌면 당연한 결과인 것이다.

이렇듯 불황에도 굳건히 '백화점 판매 여왕'의 칭호를 놓치지 않는 저자 전현미의 불황을 극복하는 노하우를 공개함으로써 같은 직종의 직원들에게는 인사이트를, 독자들에게는 가장 낮은 자세로 고객을 대하는 백화점 판매사원들의 생생한 스토리를 엿볼 수 있다.

■타깃 독자층
핵심 독자층 : 서비스업 종사자 및 성공 창업을 꿈꾸는 유통 입문자
확산 독자층 : 자기계발을 원하는 일반인

■핵심 콘셉트
## 열정에 진심을 더해 '성공'이라는 두 글자를 쓰다!
남편의 사업 실패로 쫓기듯 서울로 올라와 먹고 살기 위해 백화점 주부 사원 모집에 이력서를 낸 저자는, 물건은 팔아본 적은 없지만 진심으로 고객을 대하면 통하지 않을 리 없다는 확신으로 열정에 진심을 더해 고객을 상대했다. 그 결과 8개월 만에 매니저가 되는 성과와 더불어 16년차 매니저가 된 지금, 연일 억대 연봉을 갱신하는 신화 속 주인공이 되었다.
중졸의 풍기인견공장 공순이로 시작한 사회생활의 첫 걸음은 고난과 눈물의 연속이었다. 그럼에도 '할 수 있다!'는 믿음 하나로 인생을 살아온 저자의 인생은 흙수저인 자신도 성공했듯이 당신들도 할 수 있다는 희망의 메시지를 전한다.

■원고 방향
철옹성 같은 백화점의 문을 두드려 8개월 만에 매니저가 되기까지의 스토리와 고객과 세일즈에 대한 생각, 그리고 끊임없이 해 왔던 자기계발, 마지막으로 판매 직원으로서 어떠한 마인드를 가지고 일에 임해야 하는지 등을 생생한 스토리와 메시지를 소개한다. 가장 낮은 자세로 일해야 하는 백화점 판매사원도 억대 연봉의 신화를 쏠 수 있다는 메시지를 통해 같은 직종에 있는 사람에게는 꿈과 희망을, 그리고 독자들에게는 열정과 진심이면 무엇이든 할 수 있다는 용기를 전한다.

■유사 / 경쟁 도서 분석 및 현황

| 도서명 | 판매지수 | 내용 |
|---|---|---|
| 인생에 변명하지 마라 - 이영석 쌤앤파커스 2012. 08 | 9,492 | 아무것도 가진 것 없는 청년이 그 누구도 관심 갖지 않던 농산물로 성공한 CEO가 되기까지, 그의 이유 있는 성공 정신을 낱낱이 공개한다! 우리나라 농산물 대표 브랜드 '총각네 야채가게'를 만들어 '맨주먹 성공신화'를 일으킨 주인공이자, 많은 창업준비생들의 롤모델이 되고 있는 이영석 대표가 처음으로 밝히는 지극히 현실적인, '토종 한국식'성공 마인드. 물려받은 재산이 없어서, 학벌이 달려서, 세상이 불공평해서, 운이 지지리도 없어서… 다양한 변명을 앞세워 게으름 피웠던 이들에게 정신 번쩍 들게 만드는 강력한 메시지를 담아냈다. 지금 대한민국을 살아가는 직장인, 취업준비생, 창업준비생, 창업자 들이 함께 읽고 마음을 다지기에 더없이 좋은 메시지가 될 것이다. |
| 마음을 팝니다 - 이랑주 MID 2013. 05 | 1,422 | 백화점 명품관에서 갈고 닦은 노하우를, 전통시장에 전수하며 수많은 쪽박가게를 대박가게로 일군 여인 이랑주의 첫 번째 책, 쥐똥 구르고 바퀴벌레 우글대는 전통시장 '업그레이드' 노하우를 모았다. 출간되자마자 한국간행물윤리위원회의 권장도서로 선정(2012년 7월)되기도 했던 이 책은, 저자 이랑주가 지난 8년 간 전통시장 상인들과 함께 울고 웃으며 마음을 다 했던 일들의 기록이자, 불황의 시대를 견뎌낼 수 있는 '장사의 원칙'을 깨닫게 해준다. |
| 10미터만 더 뛰어 봐 - 김영식 21세기북스 2013. 11 | 5,406 | 한때 20억원이 넘는 빚을 지고 자살을 결심했으나 단돈 130만원으로 재기에 도전하여 성공한 천호식품의 회장 김영식의 인생 역전 스토리. 그 자신이 참담한 실패를 맛봤던 장본인인 저자는, 재기를 노리는 사업가나 맨주먹으로 시작하는 젊은이들에게 즉시 활용할 수 있는 실전 지침을 제공하려 한다. 어제 뛰던 대로 100미터만 뛸 것인가, 아니면 10미터를 더 뛸 것인가? 바로 이것이 인생의 성패를 가른다고 말하는 저자는 '인생을 걸고 6개월만 해 보자' '당신이 가장 잘 아는 그곳에서 승부를 보라'와 같은 처방전을 제시하고 있다. |

## ■이 책의 차별화 요소와 강점

### 1) 불경기에도 불황을 극복한 노하우 대공개!

계속된 불황으로 문 닫는 자영업자가 하루 2,000명인 요즘, 백화점도 불경기의 늪에서 벗어날 순 없다. 그러나 계속되는 불경기에도 불황을 비껴간 저자만의 노하우는 죽어가는 점포를 살리는 것도 모자라 매출을 200% 신장시키는 놀라운 능력을 지니고 있다. 그러나 저자는 그 비법이 누구나 할 수 있는 것이라 말하며 자신이 경험한 생생한 스토리와 함께 낱낱이 밝혀 준다.

### 2) 생생한 현장 경험을 바탕으로 한 동기부여

작은 정성이 담긴 디테일 하나로 고객을 감동시킨 사연과 멀리 해외에서부터 저자를 만나기 위해, 저자가 판매하는 옷을 입기 위해 해당 백화점으로 오는 손님과 더불어 진상 고객에 대처하는 매뉴얼까지 현장에서 살아왔던 저자만이 할 수 있는 이야기를 통해 백화점이란 화려한 공간 속 직원들의 고군분투기를 솔직하게 담아낸다.

### 3) 열정에 진심을 더해 만들어 낸 성공스토리

저자는 남편의 사업 실패로 쫓기듯 서울로 올라와 먹고 살기 위해 백화점 주부 사원 모집에 이력서를 낸다. 물건을 팔아본 적은 없지만 진심으로 고객을 대하면 통하지 않을 리 없다는 확신으로 열정에 진심을 더해 고객을 상대했다. 그 결과 8개월 만에 매니저가 되는 성과와 연일 억대 연봉을 갱신하는 신화 속 주인공이 되었다. 저자는 흙수저 인생의 자신도 성공했듯이 당신들도 할 수 있다는 희망의 메시지를 전한다.

## ■책 판매 촉진을 위한 실행 계획

### 1) 백화점 3사 홍보 예정

→ 백화점 3사에 전국 유통 관련 아카데미를 통하여 신입사원 필독서 요청 예정

### 2) 45년 전통 판매사원 양성회사에 도서 홍보 예정

→ 현재 저자는 45년 전통 판매사원 양성회사인 (주)아리오에서 판매사원 및 숍 마스터 양성과정 강사를 하고 있으므로 도서 출간 시 판매 사원 교육 필독서로 요청 예정

### 3) 오프라인 강의를 통해 홍보 예정

→ 도서 출간 시 두 개 대학 유통 및 숍 마스터 학과에서 특강을 할 계획이 있으므로, 오프라인 강의 시 도서 홍보 및 판매 예정

### 4) 남성 정장 브랜드 및 아웃도어 브랜드 직원을 통한 홍보

→ 20년 넘게 매니저 역할을 하면서 남성 정장 브랜드와 아웃도어 브랜드 직원들과 돈독한 인연이 있으므로, 도서 출간 시 직원 및 대리점주를 상대로 교육도서로 강력 추천 예정

→ 나의 책이 얼마나 팔릴지 솔직히 자신이 없다. 하지만 확실하게 말씀드릴 수 있는 것은 나를 응원해주고 사랑해주는 주변 분들에게 받은 약속만 해도 500권정도입니다.

■목차(변동 가능)

**머리말**

**제1장. 절실하면 이루어진다**

1. 나는 억대 연봉의 백화점 매니저다

2. 나는 이미 반란을 꿈꿔왔다

3. 불 꺼진 무대에서 청사진 그리기

4. 남성 정장 코너에 여성 매니저?

5. 당당한 나로 거듭나기

6. 한 달 12,000원이 가져다준 희망

**제2장. 고객은 내 삶의 동반자이다**

1. 도대체 매니저가 누구야?

2. 내부 고객도 홀려라!

3. 고객의 마음은 홀딱 반하게 하라

4. 글로벌 고객도 등한시 하지 마라

5. 고객의 뼈 속까지 니즈를 파악하라

6. 한끝 틈새 디테일에 반하다

**제3장. 세일즈에 대한 나의 소견**

1. 판매자의 기본자세

2. 상품을 더 돋보이게 하라

3. 코디네이터의 역할은 판매자의 의무이다

4. 서비스는 정과 덤이다

5. 상품을 팔지 말고 너의 영혼을 팔아라

6. 어떤 상황이든 당당하게 수행하라

## 제4장. 내 삶의 원동력은 끊임없는 자기계발!
1. 문제에 봉착했을 때 전문가의 도움을 받아라.
2. 내가 개척한 인생의 등산로란 오로지 배우는 것이다.
3. 불황기엔 유행하는 매체로 제품을 알려라.
4. 패션 어드바이저 자격증으로 자존감을 높이다
5. 배움은 튼튼한 동아줄이다.

## 제5장. 판매 현장에서 대기업 마인드로 승부하라
1. 자신과 타협하지 말고 기본에 충실해야 한다
2. 인재 양성은 가장 큰 미래비전이요 투자다
3. 샵 마스터는 전문가로서 소양을 닦아라
4. 사후 관리부터가 진정한 고객관리다
5. 신념과 확신 있는 리더로 거듭나기

■샘플 원고
# 제1장. 절실하면 이루어진다

## 1. 나는 억대 연봉의 백화점 매니저다
나는 백화점 의류 매장에서 근무하는 연봉 1억 원의 매니저다. 백화점 구경조차 해 본 적 없던 내가 서울 한복판 최고의 백화점에서 매장을 운영하는 억대 연봉의 매니저로 일하는 것은, 업계에서 결코 흔한 일은 아니다. 경력 10년의 베테랑들도 실적을 인정받지 않으면 시니어(매니저 아래직급으로 대개 5년차 이상)에 그친다. 그런데 나는 백화점에서 일한 지 8개월 만에 매장의 매니저가 되었고, 경력 20년인 현재까지 업계 최고의 대우를 받으며 연일 억대 연봉을 갱신하고 있다.

판매 고전을 면치 못했던 브랜드의 가치를 높이고 불황 속에서 연일 최고 매출을 올린 덕에 본사에서 '판매의 여왕'대접을 받을 때면, 과거의 고단했던 생활이 오래된 영화의 필름처럼 스쳐 지나가기도 한다. 남들처럼 깊이 있게 공부하지도 못하고, 쓸 만한 재주 하나 없는 내가 어떻게 여기까지 오게 되었을까. 곰곰이 생각해봐도 그저 절실하게 매달렸을 뿐이라는 것 외에 다른 이유는 없었다.

(중략)

하지만 난 포기할 수 없었다. 나는 벼랑 끝에 매달리는 절박한 심정으로 그분을 붙잡고 늘어졌다.

"대리님, 한 번만 기회를 주세요! 뭐든지 잘할 수 있어요."

"이러시면 곤란해요. 안 된다니까요."

나는 난처해하는 그의 얼굴에서 일말의 희망을 보았다.

"한 달, 한 달만 일하게 해 주세요. 한 달만 해 보고 제대로 못하면 그땐 내 발로 나갈게요."

대리님은 아주 곤혹스런 표정을 짓더니 어쩔 수 없다는 듯 말했다.

"좋아요, 한 달입니다. 한 달 아르바이트니까 그렇게 아세요."

"네, 고맙습니다. 누구보다 열심히 잘하겠습니다."

지금 생각해 보면 한 달만이라도 일할 수 있게 해 준 대리님이 날 살려 준 은인이었다.

이렇게 나는 주부 사원으로 백화점 업계에 발을 들여놓았다. 그날 이후로 자존심 따위 안중에도 없고, 오로지 가족들과 먹고 살기 위해 반드시 백화점에서 살아남으리라 다짐, 또 다짐했다.

\*\*\*

한 달 뒤면 잘릴 수도 있는 아르바이트생이었기에 동료 직원들은 나에게 좀처럼 곁을 내어 주지 않았다. 그래서 나는 다른 직원들보다 한 시간 일찍 출근하고, 매일 직원들 보다 한 시간 늦게 퇴근하기로 다짐했다. 백화점 업무 특성상 손님을 응대하느라 시간 안에 처리하지 못하는 일들이 많았고, 정리하는 데만 해도 족히 한 시간 넘게 걸리는 잔업들이 많았다. 그래서 나는 아침에 한 시간 일찍 출근하여 매장의 모든 청소를 도맡아했고, 출근하는 동료 직원들에게 모닝커피를 타 주며 그들과 조금이라도 가까워지려고 노력했다. 그리고 퇴근 시간이 되면 직원들을 보내고 남아서 전표 정리, 수선품 챙기기, 장부 정리 등의 업무를 꼼꼼하게 처리했다. 주변에서는 자존심도 없냐고 이야기했지만, 여기서 잘하지 못하면 가족들과 다시 한 번 길거리에 나앉아야 했기에 더욱 열심히 할 수밖에 없었다. 우리 매장을 찾은 고객을 대할 때에는 오랜만에 만난 친구 대하 듯 반겼고, 고객이 들어올 때와 나갈 때 반드시 허리를 굽히고 간절한 마음을 담아 인사했다.

(이하 생략)

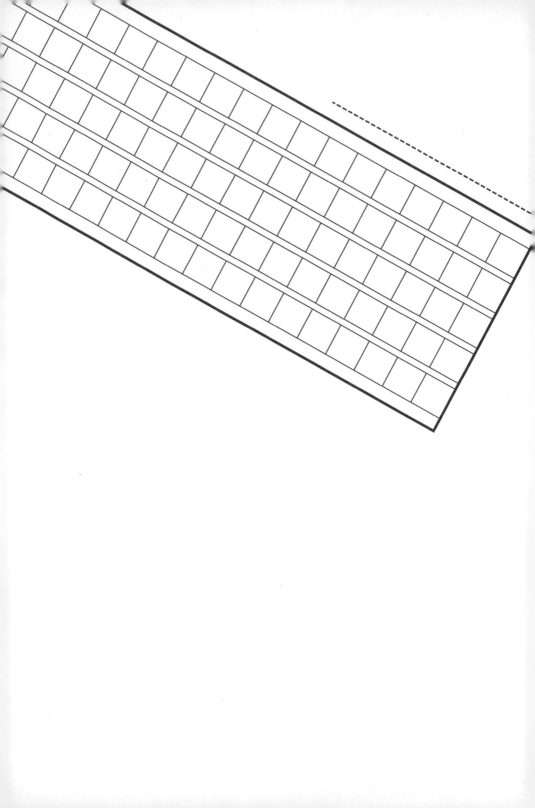

# 7장

# 출판사에서
# 서로 경쟁하는 책으로 어필하는 법

- - - - - - - - - - - - - - - - - - - - - - - - - - - - - - - - - - - - - - - - -

출판사는 매일 수십 개의 투고 원고를 받는다.
내 원고가 선택받아 계약까지 가기란 쉬운 일이 아니다.
하지만 출판사가 원하는 원고인지 철저히 검토한 뒤 투고하면
또 얼마든지 그들의 마음을 사로잡을 수 있다.
단, 철저하게 준비해야 단번에 선택될 수 있으니 전략을 잘 짜는 게 중요하다.
편집자의 마음을 사로잡는 12가지 이메일 제목.
0.3초는 좀 오버일 수 있지만,
실제로 매일 수많은 투고 메일을 받는 그들은
메일 제목에 눈길만 휙 주고도 '열어볼지 안 열어볼지'를 판단한다.
그 결정 범위 안에서 마치 매직아이처럼 뚜렷이
당신의 이메일이 돋보일 수 있도록 이메일의 제목을 달아보자.

## 출판사가 좋아하는 책은
## 어떤 책일까?

책의 주제를 정하고 콘셉트를 잡은 다음 샘플 원고를 작성했다면, 이제 출판사에 투고를 하자. 가장 떨리는 순간이다.

'과연 출판사에서 내 원고를 선택해줄까?'

긴장된다. "작가님, 우리 회사랑 이 원고 계약하시죠"라는 대답을 받는다면 얼마나 기쁠까? 책을 기획하고 쓰는 지난한 과정의 노고가 하루아침에 다 씻기는 기분이 들 것이다.

나는 수많은 저자, 출판사와 함께 일을 하기 때문에 내가 기획하는 책은 대부분 경쟁이 붙을 정도로 여러 곳에서 문의가 들어온다. 서로 자기네 출판사에서 출간하고 싶다고 요청하는 경우도 부지기수다. 그만큼 구미가 당기도록 꼼꼼히 기획한 결과 아닐까? 이 책을 읽는 많은 사람도 궁금할 것이다.

'대체 출판사에선 어떤 책을 내고 싶어 하지?'

사실, 모든 출판사가 공통적으로 내고 싶어 하는 책은 바로 '잘 팔리는 책'이다. 기획안과 샘플 원고만 보고 잘 팔리는 책을 어떻게 알까 싶지만, 구두쟁이는 구두코만 보고도 몇 년 신은 구두인지 알고, 요리사는 칼 쥐는 것만 보고도 고수인지 아닌지를 안다고 하지 않던가. 출판 전문가의 눈 역시 마찬가지일 것이다.

간혹 '대박'이 예상되는 원고가 나오면 고민에 빠질 때도 있다.

'이걸 어느 출판사와 함께하지?'

이런 책은 말 그대로 '정말 간혹' 있다. 안 그러면 우리나라 출판 베스트셀러 목록은 매일 바뀌어야 할 것이다.

출판사가 좋아할 만한 책인지를 어떻게 알 수 있을까?

"저자가 많이 팔아주는 책이면 좋아하지 않을까요?"

물론 그 말도 틀리지 않다. 하지만 저자가 아무리 많은 책을 팔아준다고 해도 책 자체의 완성도가 낮거나 주제가 좋지 않으면 출판사도 손을 내밀지 않는다. 역시나 진정성 있는 책, 책으로 나왔을 때 누군가에게 꼭 필요하고 가치가 있는 책이어야 기본 조건이 갖추어지는 셈이다.

어쨌든 출판사에 책을 투고할 때는 무엇보다 '내 책과 잘 맞는 출판사인가?'를 반드시 따져보자. 일반인들은 잘 모르는 경우가 많은데, 출판사마다 성향이라는 게 있고 종합출판사라도 주력하는 분야가 따로 있다. 그래서 어떤 곳은 에세이를, 어떤 곳은 자기계발서를, 어떤 곳은 소설을, 어떤 곳은 실용서를 잘 내고 잘 판다. 자신의 책이 어떤 곳과 맞을지를 잘 공략하는 것이 매우 중요하다. 물론, 이러한 정보는 네이버 검색으로도 잘 나타나지 않는 경우가 대부분이기 때문에 기획자나 출판 전문가의 조언을 들어보는 걸 추천한다. 그러면 오랫동안 고생하며 준비한 나의 책이 훨씬 더 빠르게, 더 돋보이게, 세상에 나올 수 있을 것이다.

그리고 어디서 많이 본 듯한 이야기, 들어본 것 같은 내용, 천편일률적인 목차를 가진 책은 참신성도 떨어지고 내용에 대한 검증이 힘들기 때문에 출판사에서도 꺼린다. 진짜는 진짜의 눈을 가진 사람이 반드시 알아봐주는 법이니, 준비 과정에 좀 더 만반을 기해야 한다. 기획 단계에서부터 차별성을 담는다면 출판하기까지의 과정이 조금은 수월할 것이다.

책은 나만 읽으려고 쓰는 게 아니다. 저자, 기획자, 편집자, 마케터 등 수많은 사람이 하나의 책에 공을 들이고 노력하는 만큼 좋은 결과물을 낼 수 있도록 노력해야 한다.

# 편집자의 마음을 0.3초 만에 사로잡는
# 12가지 이메일 제목

출판사는 매일 수십 개의 투고 원고를 받는다. 내 원고가 선택받아 계약까지 가기란 쉬운 일이 아니다. 하지만 출판사가 원하는 원고인지 철저히 검토한 뒤 투고하면 또 얼마든지 그들의 마음을 사로잡을 수 있다. 단, 철저하게 준비해야 단번에 선택될 수 있으니 전략을 잘 짜는 게 중요하다.

그래서 준비했다! 편집자의 마음을 사로잡는 12가지 이메일 제목. 0.3초는 좀 오버일 수 있지만, 실제로 매일 수많은 투고 메일을 받는 그들은 메일 제목에 눈길만 휙 주고도 '열어볼지 안 열어볼지'를 판단한다. 그 결정 범위 안에서 마치 매직아이처럼 뚜렷이 당신의 이메일이 돋보일 수 있도록 이메일의 제목을 달아보자.

다음에 12가지 이메일 제목을 예시로 들어놓았다. 이 내용을 참고하고 응용하면 좋을 것이다.

-독자로부터 "이 책 정말 잘 읽었어!"라고 찬사를 받을 수 있
 는 원고 보내 드립니다~(^_^)

-완벽한 시장 조사를 해서 이 책의 판매전략과 함께 기획안을
 보냅니다.

-책은 많은데 마음에 드는 원고가 없어 고민이세요?

-똑똑똑, 여기에 독자가 읽고 싶어 하는 책이 도착했습니다.

-읽지 않으면 후회합니다. 후회할 일을 만들지 마세요.

-대박 원고에 메말라 있는 분만 읽어주세요.

-한 달 안에 3쇄 찍고 싶은 분만 보세요.

-이 원고는 일단 읽기 시작하면 멈출 수 없습니다.

-한 달 안에 재판을 찍지 않으면 인세를 받지 않겠습니다.

-대박 원고를 찾는 사람은 읽지 마세요.

-경고! 좋은 책을 만들고 싶지 않은 분은 읽지 마세요.

-책을 많이 팔고 싶지 않은 분은 읽지 마세요.

　

물론, 이렇게 보냈는데도 역시 거절당하거나 스팸으로 보내질 수
있다. 그러나 용기를 잃지 말자. 그 유명한《해리 포터》시리즈의 작
가 조앤 롤링의 일화도 있지 않던가. 출판사가 실수할 때도 있고, 여
전히 내가 미흡할 수도 있다. 그러나 중요한 건 바로 이것이다. 절대
포기하지 않는 의지! 조앤 롤링처럼 될 때까지 도전해 베스트셀러
저자가 되어보자.

# Epilogue
## 들어도 들어도 또 듣고 싶은,
## 제임쓰양의 책쓰기 수업

내 인생에는 삶의 방향을 커다랗게 변화시킨 몇 개의 사건이 있었다. 그중에서도 가장 큰 사건은 바로 '책 읽기'에 빠진 일이다. 독서 모임 양재나비에서 시작된 나의 책 읽기는 그야말로 기적 같은 선물을 가져다주었다. 특히 양재나비 독서 모임을 운영하고 있는 강규형 대표님의 독특한 독서법은 당시 나에게 신선한 충격으로 다가왔다. 나는 즉시 그 방법을 우리 직원들과 공유하고 6개월간 함께 독서를 실천하기도 했다. 직원들 역시 나만큼 그 독서법에 매료되었다.

사실, 독서 모임을 시작하기 전 우리 회사는 매출 30퍼센트 하락으로 고전 중이었다. 이래저래 고민도 많고 힘들었지만 뾰족한 돌파구가 보이지 않았다. 오랫동안 '사장'이라는 자리를 잘 지켜왔다고 생각했는데, 그땐 많이 힘든 탓에 모든 게 삐뚤게만 보였다.

'직원들은 왜 내 마음만큼 따라와주지 않을까?'

'회사가 이렇게 힘든데 왜 아무도 자기 일처럼 하지 않을까?'

보이는 모든 것에 불만이 박혔을뿐더러 나 자신에게도 무척 화가 났다. 더 노력하고 좀 더 아껴보았지만 한 번 떨어진 매출은 쉽게 복구되지 않았다.

그렇게 마음의 여유가 없는데도 나는 책 읽기를 멈추지 않았다. 마음에 여유가 없으면 쉽게 되지 않는 게 독서라고 하지만, 나는 오히려 더 독서에 빠져들었다. 사실, 처음에는 거의 억지로 시작한 것이나 다름없었다. 하지만 독서는 곧 내가 세상을 바라보고 사람을 대하는 눈과 태도를 완전히 바꾸어놓았다. 책을 읽으면 읽을수록 나는 조금씩 다른 사람이 되어갔기 때문이다.

그전에는 직원들의 태도가 마음에 들지 않았는데, 어느 순간 그들을 보며 감사하다는 생각이 들었다. 이렇게 힘든데도 회사를 떠나지 않고 각자의 자리에서 열심히 일하는 그들을 보니 마음이 울컥했다. 동시에 그동안 직원들에게 창의적인 생각을 할 시간과 자유, 기회를 제공해주지 못했다는 반성에 이르렀다. 그래서 출근하면 한 시간 동안 일하지 말고 독서할 것을 직원들에게 권유했고, 그 아침 독서는 지금까지도 이어지고 있다. 이제 책 한 권 안 읽던 직원들이 한 달에 몇 권씩 책을 읽어내는데, 음악을 듣거나 다른 일을 하던 그 점심시간조차 쪼개어 독서에 몰입하고 있다.

이런 변화 속에서 나의 고민이 깊어갔다. 조금이라도 더 직원들에게 복지를 잘해줄 방법을 찾고 싶었다. 책 속에서 힌트를 얻고, 나름대로 심사숙고하여 여러 가지를 적용했다. 예전에는 생각지도 못했던 안식휴가를 떠올려 장기근속 직원에게 부여하고, 어느 영화에서

처럼 안마사를 둘 수는 없지만 대안으로 최고급 안마의자를 들여놓
았다. 직원들이 최대한 편하게 근무할 수 있도록 말이다. 또 '떠들석
데이'라고 해서 한 달에 한 번 제비뽑기로 당일 휴가를 지급하기도
했다.

이렇게 직원들에게 더 많은 시간과 여유를 제공하자 놀랍게도 매
출이 오르기 시작했다. 직원들 개개인이 성장하고 나 자신이 성장하
자 회사도 자연스럽게 성장하게 된 것이다. 이 모든 변화는 모두 '나
자신'의 변화에서부터 시작되었고, 그 변화의 중심에는 바로 '독서'
가 있었다. 독서는 몇십 년 동안 굳게 닫혀 있던 내 고정관념의 틀을
깨주었고, 지금 이 순간에도 나를 성장시키는 원동력이 되고 있다.


그렇게 독서에 매료되어 있던 중 나는 책쓰기 관련 강연 프로그램
을 하고자 마음먹었다. 좀 더 많은 사람에게 내가 아는 노하우를 알
려주면 좋겠다고 생각한 것이다. 하지만 직원들의 생각은 나와 조금
달랐다. 이것을 진행할 경우, 수많은 저자 지망생이나 책쓰기를 준
비하는 사람들에게 실질적인 도움은 될 수 있지만 회사 매출에는 거
의 도움이 되지 않는다는 게 그 이유였다. 또한 프로그램을 제대로
준비하려면 최소 6개월 이상의 시간이 필요한데, 그만큼의 손실을
감수해야 한다는 것이었다.

나는 한 회사의 사장으로서 그 '6개월'이 1년이 될 수도 있음을
잘 알았기에 신중히 생각했다. 하지만 늘 그랬듯 나는 '시간이 걸려
도 더 많은 사람에게 득이 될 방향으로 가자'라는 마음에 과감히 손
실을 선택했다. 그것은 나의 작은 사명감과 소명의식에서 비롯된 것

이었다.

직원들의 염려대로 프로그램을 준비하는 1년 남짓의 기간은 꽤 힘겨웠지만, 그 결과는 매우 만족스러웠다. 더욱 좋은 콘텐츠, 정확하고, 실용적이고, 그러면서도 창의적인 팁들을 알려주기 위해 나와 직원들은 함께 뭉쳐서 노력했고 지금은 감수한 손해를 모두 만회할 정도에 이르렀다. 진정성, 끈기, 화합이 가져다준 결과일 것이다.

2018년 5월 26일, 다섯 시간의 특강을 마치고 파김치가 되어 귀가했는데 사람들의 반응을 살피고자 후기를 들여다본 후 힘들다는 생각이 싹 사라졌다.

'30만 원이 아니라 300만 원이라도 들었을 강의!'
'주말을 버리고 온 보람이 있는 강의!'
'책 쓰고 싶어지게 만드는 강의!'
'들어도 들어도 또 듣고 싶은 강의!'

20년간 까다로운 출판기획을 하면서 '지금까지 쌓아온 경험과 노하우를 어떻게 대중에게 쉽고 재미있게 전달할 것인가?'를 치열하게 고민하고 나 자신과 싸우며 준비한 가장 어렵고 힘들었던 강의였기에 그날의 감동은 아직도 잊히지 않는다.

오랫동안 하나씩 쌓아올린 것이니, 외부 누출이 두렵지 않냐고? 결코 그렇지 않다. 오히려 내가 준비한 강의안을 사진을 찍는 것을 허용하고 좋은 내용이 있다면 옮겨 적고 숙지하기를 권한다. 다른 강의에선 있을 수 없는 일이다. 내용 도용에 대한 불안감 때문이다.

하지만 나는 얼마든지 찍으라고 한다. 그리고 공부하고, 응용하라고 말한다. 20년간의 경험과 노하우는 풀어낼 것이 얼마든지 있고 또 더 많은 책을 읽고 앞으로 나아가며 내 안의 콘텐츠를 개발하면 되니, 무엇이 걱정일까.

강연으로도 충분하다고 생각했지만 직원들은 "대표님이 꼭 책을 쓰셔야 한다"며 강요 아닌 강요를 해왔다. 아마 그들이 없었다면 이렇게 용기 내어 책을 쓸 생각을 하지 못했을 것이다. 그들의 말 중 나의 집필 의지에 불을 확 붙인 불쏘시개는 이것이었다.

"대표님! 책쓰기에 대한 가장 기본적이고 핵심적인 내용을 담은 책이 꼭 필요합니다!"

더 이상 상업적 술수에 속지 않고, 많은 사람이 제대로 책을 쓰고 출간할 수 있게 돕고 싶은 나의 진심과 출판인으로서의 소명이, 이 책을 통해 잘 전달되었으면 좋겠다. 내가 해보니 책쓰기의 과정은 충분히 감동적이고 행복하다. 이 책을 읽는 모든 사람이 용기를 내고, 이 행복한 경험을 공유하길 바란다. 더 하고 싶은 말은 많지만 다음 책을 기약하면서 이만 맺는다.

끝으로 이 책을 쓰는 과정에서 도움을 준 모든 이, 특히 항상 나와 함께해주는 우리 직원들에게 감사의 말을 전한다.

# 책쓰기가 이렇게 쉬울 줄이야

**초판 1쇄 발행** | 2019년 1월 4일
**초판 9쇄 발행** | 2023년 10월 25일

**지은이** | 양원근 **펴낸이** | 박찬욱 **펴낸곳** | 오렌지연필
**주소** | 경기도 고양시 덕양구 삼원로 73 한일윈스타 1422호
**전화** | 031-994-7249 **팩스** | 0504-241-7259
**이메일** | orangepencilbook@naver.com
**본문** | 미토스 **표지** | 김윤남

ⓒ 양원근

**ISBN** 979-11-958553-9-1 (03800)

이 도서의 국립중앙도서관 출판예정도서목록(CIP)은
서지정보유통지원시스템 홈페이지(http://seoji.nl.go.kr)와
국가자료종합목록시스템(http://www.nl.go.kr/kolisnet)에서 이용하실 수 있습니다.
(CIP제어번호 : CIP2018041992)